素人手記

何もない日常が辛すぎ……
地方に住む美人妻の敏感体

竹書房文庫

第一章　剝き身の欲望に犯され悶える田舎妻

造り酒屋の若女将の私の誰にも言えない淫靡な秘密 …… 8
投稿者　坂口麻由子（仮名）／28際／石川県

三人の漁師の屈強な肉体の下で淫らに喘ぎ悶えて！ …… 19
投稿者　倉本麻衣（仮名）／31歳／静岡県

若き僧侶との関係に苦渋の結婚生活の癒しを求めて …… 33
投稿者　黒田香澄（仮名）／28歳／富山県

北の大地を震わす背徳と純愛の絶叫エクスタシー …… 48
投稿者　青沼麻美（仮名）／35歳／北海道

第二章 異邦の誘惑にとらわれ乱れる田舎妻

処女を捧げた元カレとのサプライズ3P再会オーガズム …… 62
投稿者 羽佐間由香（仮名）／32歳／山形県

実家の温泉旅館の苦境を救うべく人身御供となった私！ …… 75
投稿者 内田翔子（仮名）／26歳／大分県

夜の教室で娘の担任教師と淫らなＰＴＡ活動に励んで！ …… 89
投稿者 黒沢麻衣子（仮名）／35歳／千葉県

乱暴に豹変したお客の体の下で弾け悶える田舎妻の欲望 …… 104
投稿者 平美紀（仮名）／29歳／青森県

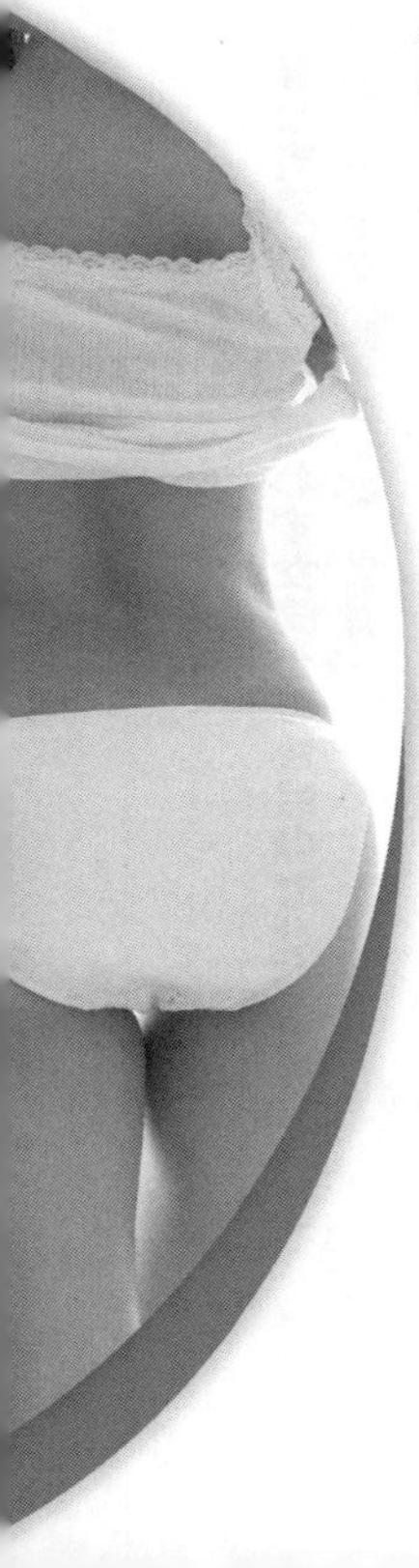

第三章　歪んだ快楽に溺れ蕩ける田舎妻

閑静な集落を淫らに震わす女同士の快感のむせび泣き……116
投稿者　高井まな（仮名）／30歳／京都府

身をもって官能追力を追求する私は好色レディコミ作家……129
投稿者　宮内愛子（仮名）／35歳／広島県

旧家の奥座敷の暗がりで繰り広げられる舅との禁断性愛……140
投稿者　有田香苗（仮名）／28歳／徳島県

新居完成を目前にたくましい大工青年と激しく交わって……157
投稿者　日野美鈴（仮名）／31歳／新潟県

第四章 淫らな洗礼にさらされ狂う田舎妻

マンゴー畑に響き渡る世にも淫らなトリプル快感の嬌声……172
投稿者 相澤つぐみ（仮名）／26歳／宮崎県

義理の父との二十年に及ぶ爛れた関係に溺れる私！……185
投稿者 竹岡真美子（仮名）／33歳／福井県

変わり種3Pの悶絶カイカンに震えたヘンタイ妻の私！……197
投稿者 森下瑠美子（仮名）／34歳／兵庫県

姫神さまとして犯され、いけにえとなった新妻の私！……212
投稿者 橋本春奈（仮名）／24歳／宮城県

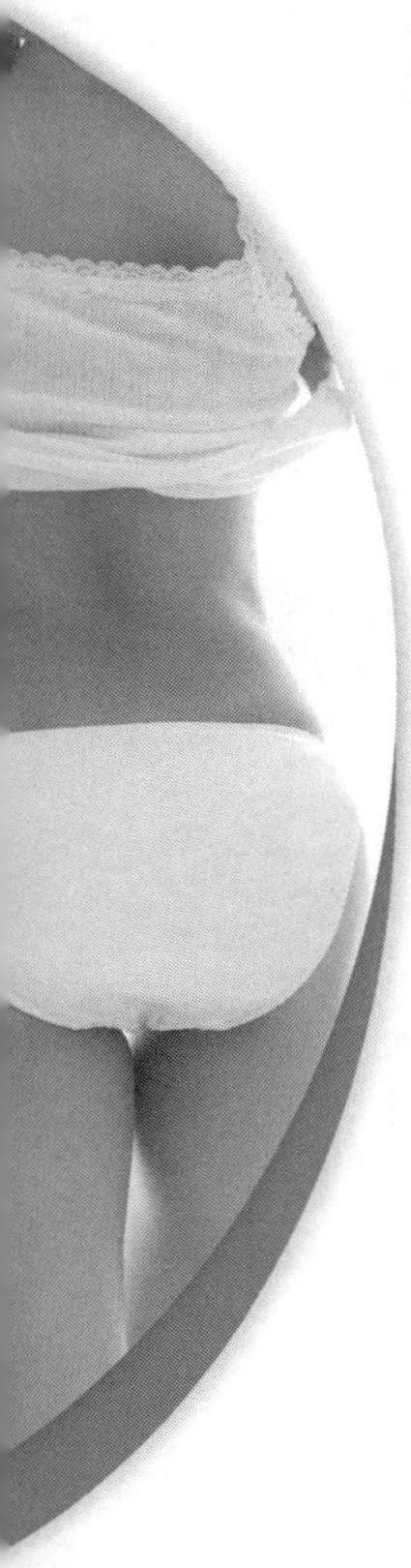

第一章

剥き身の欲望に犯され悶える田舎妻

■私の淫らな肉洞をいっぱいに満たした彼のペニスは、徐々に動き抜き差しを始めて……

造り酒屋の若女将の私の誰にも言えない淫靡な秘密

投稿者 坂口麻由子（仮名）／28際／石川県

私は石川県金沢市にある、それなりに歴史ある老舗の造り酒屋の若女将として、仕事に家事にと忙しい日々を送っています。

元々は東京出身なのですが、東京の大学で今の主人と出会いました。好きになってつきあいだして……卒業後しばらくはお互いに普通の企業に就職して、いつかそのまま結婚して、と思っていたのですが、そんな折、主人のお父さんが脳梗塞で急逝してしまったのです。まだ五十代の若さでした。

母親一人に家業の重荷を背負わせるわけにはいかないと、主人は故郷に帰って造り酒屋を継ぐ決心をしました。私はそのとき、とても葛藤しました。彼についていくか、それとも……結局、ずっと彼と一緒にいたい、彼を支えたいという想いが勝り、結婚して彼の家へ嫁ぐ道を選んだのです。

でも実は、主人には三歳年下の弟がいました。弘樹さんというのですが、本来ならこの弘樹さんが跡を継いでもよかったわけです。ずっと地元にいたわけですから。ところが彼は地元の大学を卒業したはいいものの、まともに就職することもせず、ほとんど自宅に引きこもり状態で、まるで頼りにならなかったという事情があったのです。

「おふくろも、他の親戚や従業員の皆もいい人ばかりで安心だけど、弟の弘樹だけは、正直、俺もどう接していいか、よくわからないんだ。気をつけろ、なんて言いたくはないけど、あまり近づかないほうがいいかもな」

主人は複雑な面持ちでそう言いました。

たしかに弘樹さんは、見た目は主人に似てそれなりにイケメンで、女の子にもモテそうなかんじなのに、なんだか暗い目をしていて人を寄せつけないような負のオーラを発しているように見えました。私は主人の忠告に従って、一定の距離をおいて接しようと心に決めました。

主人の家での生活が始まると、それは想像以上に大変なものでした。

主人はまだ三十前の若さにも拘わらず、社長として造り酒屋経営にまつわるあらゆること……取引先との営業・仕入れ交渉、今どきの顧客ニーズに応える商品開発、二十人いる従業員の雇用管理……等々に日々向き合わねばならず、まだなかなか慣れていないこともあって、睡眠時間も一日二〜三時間しかとれない有様でした。義母はおもに総務・経理関係を仕切り、私もその補佐役という形で働きながら家事一切を任せられ、それはもう目の回るような忙しさだったのです。

でも、そんな大変な状況にも拘わらず、私の中には抑えがたい、燃え盛るような熱い欲求が渦巻いていました。

恥ずかしながら、それは性欲でした。

だって、まだ嫁いで三ヶ月の新婚なのです。

私と主人は二人とも、元々が真面目な性格だったこともあって、婚前交渉は極力控えるようにしていました。ちゃんと結婚してからね、って。

だから、今こうして晴れて夫婦になったからには、それまで控えていた分も合わせて、本当なら毎日、やってやってやりまくりたい……それが偽らざる本心であり、肉体もただひたすら飢えていました。多少の疲れなんて関係ありません。

でも、主人のほうは違うようでした。いえ、想いは違わないのでしょうが、新米経営者としての心身ともにのプレッシャーと疲労は、私なんかの疲れ具合の比ではなく、完全に肉欲が駆逐されているようで、私の布団の隣りに入るなり、一瞬にして泥のように眠ってしまい、指一本触れることすらない毎日……。私は、そんな夫に背を向け、自分で乳首とアソコをいじりながら、息をひそめて慰めるしかなかったのです。

そんなある日の夜のことでした。

県内の造り酒屋組合の年中行事ということで、主人と義母は一泊二日で能登半島のほうへ温泉旅行にでかけ、珍しく留守でした。

そう、自宅には私と弘樹さんしかいませんでした。

この頃には私も、当初はあった弘樹さんに対する恐れや警戒心のようなものも薄れ、もはや空気のような存在として、ほとんど気にしなくなっていました。

私はお風呂から上がると、髪を乾かしながらしばらくテレビを見たあと、深夜十二時半頃、寝床に入りました。そして、例によって熱く疼く体を自分で慰め始めました。

しかも今日は隣りに主人が寝ていません。

もちろん、自室に引きこもっている弘樹さんのことなどさらに気にすることもなく、私はほとばしる声を抑えることなく、自らの指をうごめかしました。

「あん、あん、あ、はぁ……んふぅ、ふぅ、ううん……」

遠慮なく声を出せるというのは、こんなにも興奮と快感が増すんだ……私はそんなことを実感しながら、乳首を摘まみこね回し、クリトリスをいじくりつつ肉ひだの奥深くへと指を差し入れ掻き回し、せり上がるその快感に身をゆだねていたのです。

と、そのときでした、いきなりガラリと寝室の引き戸が開けられたのは。

驚愕した私が見上げた先には……もちろん、弘樹さんが立っていました。

「……なっ、なんなのっ……⁉」

私はあたふたとパジャマの乱れを直そうとしましたが、上からのしかかってきた弘樹さんによってそれも果たせず、それどころか、さらに大きく胸元ははだけられ、パジャマズボンは下着ごと脱ぎ剝がされてしまいました。

「やっ、やめてっ……やあぁっ！」

「何言うとんや！　毎晩毎晩、こっそり自分でオナっとるくせに！　いくらにいちゃんがかまってくれんいうても、そんなんやりすぎやろ？　この淫乱が！　かわいそやから、うら（おれ）が可愛がってやろういうてるんや！」

毎晩毎晩って……いつもこっそり私のこと、覗いてたってこと？

私は一方で、彼がこんなにたくさんしゃべったのを初めて聞いたことに少し感銘を覚えながら、驚愕と羞恥でいっぱいになってしまいました。

彼は自分でも服を脱ぎながら、さらに言い募りました。

「ほんと、こんなスケベなカラダしてよ……うら、初めてあんたを見たときから、もうたまらんかったんや！」

そして私は次の瞬間、我が目を疑いました。

弘樹さんが自ら脱いだ下着の下から現れたのは、信じられないくらいに巨大に勃起したペニスだったのです。主人も勃起したソレは十二～十三センチありますから決して小さいわけではありませんが、弘樹さんのモノときたら……長さは優に二十センチ近くあり、その太さも直径五センチほどもあって、まるで大人と子どもくらいの差が感じられたのです。

でも、その次の弘樹さんの言葉に私は仰天しました。

「どうや？　うらのこれ、すごいやろ？　でも、自慢やないけど今まで一回も本物の女に使ったことないんや」

なんと、二十五歳でまさかの童貞！

でも、肝心のそれはそんな可愛らしいものではなく、巨根な上に毒々しいキノコのように大きく亀頭の笠を広げ、竿の表面にはゴツゴツとした節くれのような太い血管が脈打って、凶暴なまでの迫力を発していました。

「ああっ、麻由子さん！　うらの最初の女になってくれよお！　大好きなんや！」

弘樹さんはそう叫ぶと、ブルンブルンと大きく勃起したペニスを振りかざしながら、私に覆いかぶさってきました。そして、前戯も何もなしに、私の秘肉を割って突き入れてきたのです。

「あ、ああっ、そ、そんないきなり……っ、くぅ、ひぃぃっ！」

私は思わず非難するような声をあげてしまいましたが、実際はそれほど苦痛を感じたわけでも、抵抗を覚えたわけでもありませんでした。

すでに事前のオナニーでそれなりにぬかるんでいた私の秘部は、弘樹さんの巨根をたいした抵抗もなく受け入れ、さらに大量の愛液を分泌させながらズブズブとその根元まで呑み込んでいたのです。

正直、もうその初めて感じるインパクトときたら……ちょっとエッチなマンガなんかでよく出てくるセリフに「オチン○ン、子宮まで届いてるぅ！」みたいなのがありますが、まさにそれ！

私の淫らな肉洞をいっぱいに満たした彼のペニスは、徐々に動きだし抜き差しを始めると、ゆっくりとしたリズムで穿ち、貫いてきて……私は主人とのセックスでは一度も感じたことのない、体の奥を撃ち抜かれるような衝撃的な快感を味わっていたのです。

「あう、あひ、あああああん……くうっ、ひあぁっ！」

「はぁ、はぁ、はぁ、ま、麻由子さんっ……はっ、はっ、はっ！」

初めて女肉と交わる彼の動きは決して巧みなものではなかったけど、その稚拙さを補って余りあるひたむきさに満ちていて……私は半ば感動を覚えながら、注ぎ込まれる快感を享受していたのです。

「ああっ、麻由子さん、う、うら、もう……っ！」

間もなく弘樹さんはせつなそうに声を喘がせると、がぜん、腰のピストンスピードが速く、激しくなってきました。

まだ挿入して五分も経っていませんでしたが、そこは童貞、しょうがありません。私は若干の不満を覚えながらも、続いて私の中で炸裂した熱い精のほとばしりを受け止めていたのです。

その日から、私と弘樹さんの密かな関係は始まりました。

普段はこれまでどおり、食事や洗濯などの最低限の彼の面倒はみるけれども、会話ひとつ交わすわけでもなく極力無関心に接しつつ、例によって主人が疲労困憊の末に倒れ込むようにして私の隣りで眠ってしまうと、そっと抜け出して、義母の様子も窺いつつ、弘樹さんの部屋へと向かうのです。

ドアを控えめにノックしてから開けると、

「いらっしゃい」

弘樹さんがすでにボクサーショーツ一枚だけ身に着けた姿で迎えてくれます。

私はにっこり微笑むと、椅子に座った彼の前にひざまずき、そのボクサーショーツの布地に包まれた股間のもっこりとしたカーブに舌を這わせます。その動きの刺激に合わせてピクピクとうごめき、ムクムクと硬く大きく育っていく彼のモノがもう愛おしくて愛おしくて……。

「ううっ、麻由子さんっ……」

「んふっ、ふぅ、んぶぅ……」

私はボクサーショーツの前を開いて、もう十分にたくましくみなぎったペニスを引っ張り出すと、それをぱっくりと咥え込み、彼のせつなげな呻きを耳に楽しみながらしゃぶりあげるのです。私の口の中でさらに亀頭は大きく膨張し、その先端から滲み出したちょっと苦い液が、さらに私の官能を刺激してきます。

「ああ、すてきよ、弘樹さん……このぶっといオチン○ン、今日は後ろから思いっきり突っ込んでぇ……」

私はそう言いながら自ら裸になると、脇の机に両手をついて彼に向かってお尻を突き出します。その淫らな中心はもうすでに、淫靡にぬかるんでいます。

「ああ、麻由子さん、入れるよ」

「ああん、きて、きてえ……」

ズブリと圧倒的な力感がアソコに入ってくるのを感じ、私はその甘美な衝撃に思わずわなないてしまいます。

「ああ、弘樹さん、いい、いいわ……オチン◯ン、もう最高！」

「はぁ、はぁ……麻由子さんのオマ◯コも、ヌルヌルしてるのにとってもきつくて……めちゃくちゃ気持ちいいよ……」

彼の手がしっかりと私のお尻の肉を鷲摑み、ものすごい勢いで私の全身を揺すりたてながら、バックから貫いてきます。

ほどなく私の性感にクライマックスの大波が押し寄せてきました。うねるようなエクスタシーの奔流が体中を流れていきます。

「ああっ、いいっ……すごい、ああ〜〜……」

「麻由子さん、麻由子さん……くうっ、ううっ！」

「ああん、イク……イクの……イッちゃう……あああ〜〜〜〜！」

私の絶頂の断末魔とともに弘樹さんも官能を爆発させ、大量の熱い体液がドクドクと胎内に流れ込んでくるのがわかりました。

それはもう最高のオーガズムで、私はまさに失神寸前の快感を味わっていました。

正直、主人には申し訳ないけど、もう弘樹さんなしではいられません。

でも、体はそうやって主人を裏切る代わりに、私は妻として、この造り酒屋の若女将として、心は精いっぱい尽くしていこうと固く決めています。

そうやって私は今、この生まれ故郷の東京を遠く離れた金沢の地で、心身ともに頑張る日々なのです。

■肉壺を男根で犯され、上の口も別の男根でふさがれ、胸は舐めしゃぶられ、吸われ……

三人の漁師の屈強な肉体の下で淫らに喘ぎ悶えて！

投稿者　倉本麻衣（仮名）／31歳／静岡県

私が生まれ育ったのは静岡県の小さな漁港に隣接した町で、家は代々、名産のシラス漁を生業としていた。

なので、毎朝船でシラスを獲るために海へ出ていく父と兄を見送り、大漁のときならば、市場や契約している飲食店に卸す以外に、自宅で炊きたてのごはんの上に獲れたての生シラスをどっさりとのせてかきこみ、また他に釜揚げにしたり、天日干しにしたシラスをご近所さんにおすそ分けしたり、という日常が当たり前だった。

いわば、シラスのおかげで家の生計が成り立ち、シラスを食べて育ち、シラスを通じてご近所さんとコミュニケーションをとっていたというかんじ。

そして、私自身もシラス漁師の嫁になることをごく自然なこととして考え、地元の高校を卒業したあと、四年間は自分の家で父や兄、そして母を手伝う形でシラス漁師の嫁となる経験と修業を積み、その後二十三歳のとき、中学時代からつきあいが始まっていた、同学年で同じくシラス漁を家業とする真也と結婚し、嫁いだのだ。

夫・真也は地元でもちょっと有名なワルだったけど、イケメンでたくましくて、実はやさしい性格をしていて、私は彼との間に男の子と女の子の二児をもうけ、とても幸せな結婚生活を送っていた。

ただ、その後、そんな生活に翳りが出始めたのは、私が二十八歳の頃だった。

真也がシラス漁師仲間との、ごくごく内輪の博打にはまってしまったのだ。

海がしけて漁に出られないときなど、仲間三～四人と集まってチンチロリン……湯飲み茶わんなんかにサイコロ二個を入れて転がし、出た目で勝負を競う、数ある賭け事の中でも最もシンプルな、でもだからこそ熱くなり、はまり易いといわれるアレだ。

もちろん、一回の勝負で賭けるお金は千円とかの世界だけど、それも負けが込んでくればチリも積もればなんとやら……最初は自分の小遣いの範囲の中で遊んでいた夫だったが、気がつけば仲間たちに相当な額の負け分の借りをつくってしまっていたのだ。

そのことを私が初めて知ったのが、忘れもしない、まさにこれから書こうとしている体験に直面させられた日だった。

三年前に、相次いで病気で舅と姑を亡くしていたわが家は、すでに夫の弟の和也くんが藤枝のほうへ就職するために家を出てしまっていたため、夫婦と子供二人の四人暮らしだったのだけど、その日、家にいたのは私一人だった。神奈川の湘南に暮らす友人の誘いで、夫と子供二人は泊りがけでそっちへ遊びに行っていて留守だったのだ。

いつもなら、あれこれと家内の喧噪に包まれている暮らしが、その日はシンと静まり返って、私は、あ～、せいせいするわあと思いながらも、やっぱりなんだか言いようのない寂しさに包まれて、テレビを見ながら一人、甘い缶のお酒をちびちびと飲んでいた。

そして、夜の十時近くだったろうか。

都会と違って、この辺りはそんな時間ともなれば外を出歩く者もほとんどおらず、ましてや訪問者などめったにあるものではないのだが、玄関口で何かを呼ばわる声が聞こえたのだ。

え、何、こんな時間に？

さすがに怪訝に思ったものの、声は途切れることなく、

「こんばんはー、倉本さーん！　いるんでしょー？」

「すみませーん、こんな時間にーっ」

と、なんと一人ではなく、複数人の男性の呼ばわる声が続くもので、ご近所迷惑なこともあり、私は玄関へ対応に出ざるを得なかった。

　すると、三人いた皆、私もよく知っている夫の漁師仲間の面々で、ほっとすると同時に、やはり、それにしてもどうして？　という疑念がさらに強くなった。

「あ、奥さん、ほんとゴメンな。こんな夜遅くに。でも、どうしても折り入って奥さんに話したいことがあったもんで、迷惑を承知で寄らしてもらったんじゃ」

　一番年長の大月さん（三十九歳）がそう言うと、続いて、

「うん、そんな時間はとらせんから、ちょっと中に上げてもらえんか？」

と、二番手の平井さん（三十六歳）が言い、それに同調するように一番若年の坂田さん（三十四歳）がウンウンと横でうなずいていた。

「はあ……わかりました。少しなら。どうぞ」

　勝手知ったる夫の仲間の三人に対してむげにするわけにもいかず、私は仕方なく家に上げ、六畳の和室の居間に通すとお茶を入れようとした。

ところが、テーブルの上の私の飲みかけのお酒の缶を目ざとく見つけた大月さんが、

「お楽しみ中だったか……俺らにも出してもらってもいいかな？　いや、ほんのビール一杯でいいから、な？」

　と言いだし、

「えっ、でも、時間はとらせないって……」

と、さすがに私も躊躇して、少し非難がましく言ったのだけど、

「まあまあ、そう言わんと。ほんの一杯、な、な？」

と、平井さんに押し切られ、渋々冷蔵庫から缶ビールを出してこざるを得ないはめになってしまった。

そして、グラスを持ってこようとする私を制して、このままでいいからと言いながら、三人は缶のプルトップを開け、めいめい中身を呷りだした。

「く〜〜っ、美味い！」

「ほんと、たまらんのう！」

「奥さん、ごちそうさまです〜！」

私はいよいよ、こちらから本題を切り出した。なんでもいいけど、早く用件を済ませて帰ってほしい。

「それで、折り入って話って何なんですか？　仕事のことなら、あの人じゃないと全然わかりませんけど……」

「……うん、それがなあ、ものすごく言いにくいんだけど……」

言葉を濁す大月さんを引き継いで、坂田さんが言った。

「奥さんはたぶん知らんと思うけど、真也な、俺らにすっごい借りがあるんよ」

「え、借りって……？」

「三十万」

私はびっくりしてしまった。三十万なんて大金、細々とシラス漁を営んでいるわが家にとっては、一ヶ月の収入を軽く超える金額だった。

そして、追い打ちをかけるように、チンチロリン博打の話を初めて聞かされたのだ。

「で、でも……そんな話、私にされても、お金なんて……」

うろたえながら、私が言おうとすると、

「いやいや、だから、今日はそれをチャラにしてやろうっていう話をしにきたんじゃ。奥さんの顔に免じて、な」

私は一瞬、きょとんとなったが、チャラという言葉にはすぐに反応して、

「ほ、ほんとですか？　ありがとうございます！　三十万なんて大金、どうしようかと頭が真っ白になっちゃったもんで……」

そこで、ようやくさっきの言葉に思い至って、

「で、私の顔に免じて……って？」

と問いかけると、平井さんがニヤッと笑って、こう言った。

「あ、言い間違えた。奥さんの顔、じゃなくて、カラダに免じて、だったわ」

「……えっ⁉」

私がその意味を理解する暇も与えず、三人揃って、わっと群がってきた。

「な、何するんですか⁉　や、やめ……やめてくださいっ！」

決して小柄ではない体を必死でばたつかせて抵抗を試みた私だったが、屈強な漁師三人の手にかかっては、まるで無駄なあがきだった。

部屋のまん中にあったテーブルがガッと隅に押しやられ、広く空いた畳の上に押し倒された私は、大の字の格好で手足を押さえつけられてしまった。

そしてそこへ、大月さんから処刑宣告ともいえる言葉を叩きつけられたのだ。

「言っとくけど、このことは真也も承知の上だからな。ってゆうか、三十万かさんだ借りを、奥さんのこと好きにしていいからチャラにしてくれって言いだしたのは、むしろ、真也のほうからだからな」

「そうそう。まあ、もちろん、前から俺らが真也に、奥さんのことを、いい女だ、うらやましいって言い続けてたっていうのはあったけどな」

続けて平井さんが言い、

「ほんと、ここらじゃ一番の巨乳だもんなあ……たまんねえよ、ほら、このはち切れんばかりの膨らみ！」

坂田さんが私の胸に手を伸ばして鷲掴もうとしてきたが、

「こら、がっつくな！　ちゃんとおまえにもたっぷりやらしてやるから！　行儀よくしとけ！」

と、平井さんにたしなめられ、

「はい、すんません……」

と、うらめしそうな顔をしながら引き下がった。

その光景を見ながら、私は心ここにあらずの呆然自失状態だった。

夫が、私を博打の借金のカタに差し出したなんて……！

ひょっとしたら、今日、家を空けることも、このことを企んでの計画だったの？

おそらくはそうに違いない。

「あ～あ、奥さん、ダンナの仕打ちに相当落ち込んじゃったみたいだなあ。目の焦点が合ってないよ。ま、そのほうがおとなしくて、こっちも何かとやりやすいからいいけどな」

大月さんがいかにも淫猥そうな笑みを浮かべながら顔を近づけ、ぶっちゅりと私の唇をむさぼってきた。その煙草臭とさっきのビールの酒臭さが相まって、私はむせ返りそうになってしまった。

「んんっ、んぐふぅ……んぶっ！」

「はぁ、はぁ……んじゅるるぅ、じゅぶっ、んんぐふぅ……」

容赦なく大月さんに口内を分厚い舌で蹂躙され、唾液を強烈に吸り上げられ、その圧倒的な圧力に、私は思わず気が遠くなってしまった。

するど、見えないが荒々しく服を脱がされるのがわかった。

ダンガリーシャツのボタンが外され剝ぎ取られ、引きちぎられるようにブラジャーが取り払われ、乳房と乳首がちょっと冷んやり目の空気にさらされたのを感じる。

「うわあっ、ついにお目にかかれた、奥さんの美巨乳！」

「はぁ、はぁ、はぁ……す、すげぇ、ほんと、たまんねぇよ、こんなの！」

平井さんと坂田さんの、やたら熱のこもった声が聞こえ、さらにジーンズが脱がされ、パンティを抜き取られ……とうとう全裸に剝かれてしまった。

「お、大月さん、な、舐めてもいいかなあ？」

辛抱たまらんというかんじで平井さんがお伺いをたて、うなずいて許諾の返事をもらったらしく、次の瞬間、乳房を鷲摑まれる強烈な激痛と、それとは裏腹にヌルリと生温かく、からみつくような感触が乳首に襲いかかってきた。そして、むにゅむにゅと揉みしだかれながら、ちゅうちゅう、れろれろと吸われ、舐め回され、否応もなく淫靡な感覚に覆われてしまう。

「んんんっ、ぐふぅ、んくっ……んんん～～～～っ！」

相変わらず大月さんに口を塞がれ、口唇愛撫にさらされながら、思わず喜悦の喘ぎをあげてしまう私。

「おお、な、なんだか、こっちのほうも汁気が出てきた気が……」

坂田さんのそう言う声が聞こえると、今度は大月さんに許可を求めることもなく、私の股間に粘り着くような激快が襲いかかってきた。

私の厚みのある肉びらを押し開き、搔き分けるようにして坂田さんの舌（らしきもの）が侵入し、肉壺内部を舐め回し、搔き回してくる……加えて、おそらくはピンピンに硬く尖っているであろう肉豆を指でこねくり回してくるものだから、これはもうたまらない。

「んはっ、んんっ、ん、んっ、んふっ、んんんんっっっ……！」

私は押し寄せる快感の大波に、体を大きくのけ反らせて感じまくってしまう。

すると、ようやく長い口唇愛戯をやめて唇を離した大月さんが、口のまわりをてらてらと滑り光らせながら言った。

「よし、おまえら、そのまま責め続けてろ。俺は今度は奥さんの舌でこっちを楽しませてもらうからな」

そしておもむろに服を脱ぎだし、パンツの中から出現したのは……恐ろしいまでに巨大に赤黒く勃起した男根だった。その亀頭の笠は松茸のように分厚く開き、太い幹に浮き出した血管はドクドクと脈打っているようだ。それが私の唇をこじ開けて口内に押し入ってくる。

「んあっ……はぁ、んぐ、んぬぅ……」

私はもう、しゃぶるしかなかった。

夫に裏切られた失意の中、屈強な男三人に囲まれ……もう抵抗する意思も、気力も木っ端みじんに打ち砕かれていたのだ。こうなったら、この強制的な快感の奔流にとことん呑み込まれてやる……そんなやけっぱちな気分になっていた。

じゅる、ちゅぱ、じゅぶぶ、じゅぷぅ……私は舌を亀頭に、竿に、玉袋にからみつかせ、肉棒全体を喉奥まで呑み込み、激しく顔を振りたてながら出し入れさせた。

「うおおっ、いいよ、奥さん……最高だあ……」

大月さんが私の髪を摑んでしゃぶらせながら、恍惚とした表情で言う。そして、もうかなり限界まで昂ぶったところで、私の口から男根を抜いて、

「ああ、もうたまらん！　よし、おまえら、場所交代だ。俺は先にオマ〇コ、チ〇ポ

入れさせてもらうから、平井、次はおまえ、しゃぶってもらえ。坂田、おまえは最後だ。ちゃんとオッパイ可愛がってあげるんだぞ！」

と、二人に指示を出しながら私の股間のほうに移動し、坂田さんの若干不服そうな様子など歯牙にもかけず、両脚を抱えて大きく左右に開かせると、ずぶずぶと肉壺を刺し貫いてきた。

「あひぃ、はぁっ……あああっ……んっ、んぐぅ、ぶふぅっ！」

肉棒の挿入の快感に喜悦の喘ぎをあげた私だったが、すぐに平井さんのモノを口に突っ込まれて、それも途切れざるを得なかった。

「ああ、奥さんにしゃぶってもらえるなんて……夢のようだ……ああ！」

私に舐められながら平井さんはウットリとそう言い、坂田さんも気を取り直したかのように、一生懸命に乳房と乳首を舐め、責めてきていた。

肉壺を男根で犯され、上の口も別の男根でふさがれ、胸は舐めしゃぶられ、吸われ……三位一体となった快感の渦に包まれ、呑み込まれ……私はとどめようのないエクスタシーに悶え狂っていた。

「ああっ、奥さん……奥さんの中、からみつくように俺のを喰い締めてくる……くうっ、た、たまんねえ！　もういっちまいそうだ！」

大月さんの腰のピストンががぜん激しさを増し、私のカラダを打ち砕かんばかりに突き貫いてくる。

「くうっ、お、俺も……奥さん、出ちゃいそうだあ……」

そう言って、平井さんのモノも私の口内でパンパンに張り詰めて。

「んんっ、んぐぅ、んっ……はぁっ、あ、ああああ〜〜〜！」

とうとう最後、私は平井さんのモノを口から放し、ビュッビュッとそのほとばしりを顔に浴びながら、大月さんの射出もしっかりと胎内で受け止めつつ、オーガズムに至ってしまった。

「ああ〜、二人ともずるいよ〜……お、俺も〜っ！」

かわいそうにおいてけぼりだった坂田さんだったが、そのあとようやく順番が回り、晴れて私は彼の肉棒を受け入れてあげた。意外なことに、彼のモノが三人の中で一番立派で、私はさんざんイッたあとにも拘わらず、再びたっぷりと感じることができ、さらなるオーガズムを味わったのだった。

その後も、夜中の二時近くまで、私は三人のタフな漁師たちに代わる代わる責められ、犯され、全身、汗と唾液と愛液と精液で、ドロドロのグチャグチャになりながら数えきれないくらいイッてしまったのだった。

翌日、子供二人を連れて帰ってきた夫に対して、私はあえて何も言わなかった。決して私と目を合わせようとしない彼の態度を見て、情けなくなったのもあるが、正直、自分でも信じられないくらいに感じてしまったことに対して、どうにも後ろめたい気持ちを覚えてしまったから。

この夫婦間のしこりは、もう時間が解決してくれるのを待つしかないだろうが、一度覚えてしまった、あの夜の禁断の快感の記憶は決して忘れられないような気がする私だった。

■私は自分の淫らな肉ひだで思う存分、その熱く硬いペニスを喰い締めて……

若き僧侶との関係に苦渋の結婚生活の癒しを求めて

投稿者 黒田香澄（仮名）／28歳／富山県

一昨年まで富山市内の地方銀行に勤めていた私でしたが、先輩社員だった今の夫とつきあい、結婚することになり、長男である彼の希望もあって寿退社し専業主婦となりました。彼の実家は富山市からはだいぶ離れた氷見市にあり、大学卒業後はそこを出て富山市内で単身アパート暮らしをしていたのですが、結婚を機に実家に戻り、そこから勤めに通うことになったのです。

最初、仕事を辞めて彼の実家で専業主婦をすることに、正直、抵抗があった私でしたが、彼の家の事情を考えると、それに従うしかありませんでした。

彼は一人息子で、お父さんは三年前にすでに病気で他界しており、実家にはお母さん、つまり私の姑が一人暮らしをしていたのですが、ここ最近体調を崩しがちで、夫としては心配でしょうがなかったのです。つまり、嫁である私に日頃の姑の面倒をみてほしいということです。

彼のことは好きだったので、氷見の田舎に引っ込むこともやむなしと観念し、私の姑との同居生活が始まりました。

そんな彼の実家はかなりの旧家で、百坪を優に超える敷地に、いかにもいかめしく古色蒼然とした木造建築の家屋を構えていました。姑はそんな家を守り維持し、子孫に引き継いでいくことを自分の使命と考えているような、悪く言えば古臭い、よく言えば律儀で筋の通った人で、決して悪い人ではないのだけど、こと家のことになると頑固で融通のきかない面が多々あり、日々相対するのもなかなか難しいものがありました。夫は毎朝六時には家を出ていき、帰ってくるのは夜の十時近くということで、普段話しができるのはほんのわずか二時間ほど。私は、一日の大半を占める姑との暮らしのストレスを溜め込んでいくばかりで、愚痴を夫に吐き出すこともできず、鬱々とすることが多くなっていってしまいました。

そんな中、思わぬ癒しの存在が現れました。

姑は月に一回、亡き舅の月命日に、檀家となっているお寺からご住職様にお参りに来てもらっていたのですが、そのご住職様が高齢でうちへの来訪が困難となり、ゆくゆくはあとを継がれる息子の正樹さんが代わって来られることになりました。

ご住職様がだいぶ結婚が遅かったこともあり、正樹さんはまだ私と同じ二十八歳ということで、私はすぐに同級生感覚で話しができるようになりました。

夫は三十二歳、姑は六十歳。感覚も話題もどうしてもずれてしまうところ、正樹さんとは本当に、気軽に素直に話すことができたのです。

もちろんそれは、ほんのわずかな時間。月に一度お参りに来られて、仏壇に向かって読経する正樹さんの後ろに控えるように、姑と並んで正座している間、そしてそれが終わってお茶を出しながらちょっとした世間話をしている間は、私は嫁としてひたすらかしこまっているしかありません。しかし、姑がお布施を用意しに別室へ行ったり、お手洗いに行ったりしている、たった数分間だけは、私と正樹さんで二人だけの会話を楽しめる至福の時でした。

「どうです、こちらの暮らしにはだいぶ慣れましたか？　ずっと富山市内にいらしてからいきなり氷見だと、何かととまどわれるでしょう？」

「ええ、まあ……でも、お義母さんも何かとよくしてくださいますし、ご近所の方々も世話を焼いてくださって、おかげさまで……」

「そうですか。それならいいのですが」

正樹さんは、なんだか含みのある言い方で私の顔を窺い、私は一瞬、はっとしてしまいます。もう何度かうちに来られて、私と姑の間のやりとりを見聞し、空気を感じているうちに、この人は私の置かれた状況を察してくれている……そう直感したのです。そして、その感覚は回を重ねるごとに、より強くなっていきました。

「ご主人は銀行員でしたよね。銀行も昨今は何かと大変でしょう。お元気にがんばられていますか?」

「はあ、まあ元気は元気ですが……」

「……ん?」

「最近、全然、私のことをかまってくれなくて……」

そう、私は暗に、忙しさにかまけてすっかりセックスレス状態の夫のことを、正樹さんに向かって愚痴ってしまったのです。

「そうですか。それはお寂しいですね……」

一瞬、私を見る正樹さんの目に、ほんのわずかにギラついたような光が宿り、二人の間にえも言われぬ空気が漂いましたが、そこへお布施を用意しに行っていた姑が戻ってきたので、その場は終わりました。

でも、着実に、私と正樹さんの間に、悪く言えばなんだか不穏な、でもどうしようもなく胸高鳴るような心の関係性のようなものが出来上がってきているような気がしました。

それは、ドキドキするような、でも、反面怖くて……。

「ねえ、あなた……」

「うん？」

「うちら、もうずいぶんご無沙汰やね？　だから今日は……」

ある土曜の夜、姑も寝静まったのを確認した私は、久しぶりに夫に夫婦関係を促しました。どんどん正樹さんのほうに心が引っ張られていくのが怖くて、これがカラダまで及ばないうちにという気持ちだったと思います。

「ああ、そうだな」

夫も、そう応じて私の体に触れてきてくれました。

しばらくお互いに愛撫し合ったあと、私は少し大きくなってきた夫のペニスを咥え、自分なりに一生懸命しゃぶり始めました。本当はフェラチオはあまり得意じゃないのだけど、そのときはなんだか必死でした。

でも、それにも拘わらず、夫は満足に硬くなってはくれず……。

「すまん……もう寝るわ」

「うん……おやすみなさい」

私はなんだか無性に悲しく、悔しくて……思わず涙ぐみながら、股間に手を伸ばし、自分で自分を慰めてしまいました。

「んんっ……んくっ、うう……ぐぅ……」

その嗚咽と喘ぎが混ざり合ったようなくぐもった声を、布団の隣りで私に背を向けた夫が聞いていたのか、どうか……？

その次の月命日のお参りの日。

読経が終わり、姑がいつものように別室にお布施を用意しに、仏間を出ていきました。いつも、事前に用意しておけばいいのにと思うのですが、なんだか姑にしかわからないこだわりがあるようで、いつもこの手順を踏むのです。まあ、おかげで私は正樹さんと二人だけの時間を持てるわけですが。

「この間、夫にちょっと訴えてみたんです」

「……ほう。で、どうでした？」

このやりとりだけで意味が伝わったことにちょっと感動しながら、私は話を続けました。

「その……私なりにがんばったんですが……ダメでした」

「ダメ、とは？」

「夫が……役に立たなくて……」

その言葉に一瞬、少し大きく目を剝いたあと、

「そうですか……もったいない。私だったら……」

と、正樹さんは言い、私のほうに手を伸ばしてきました。

畳の上を這い寄ってくるそれに、私もおずおずと手を伸ばし、指先が触れ合いました。ピリピリと電気のようなものを感じたように思います。それは正直、とても心地いい痺れでした。

そこへ姑が戻ってきました。

私は残念に思う反面、ほっとしてもいました。

だって、あのまま正樹さんと二人きりだったら、いよいよ一線を越えてしまいそうだったから。

そのとき、まだ私はかろうじて人妻としての貞操を保っていたのです。

しかし、ついにそれが崩れ去る日がやってきてしまったのです。

二ヶ月後、それは正真正銘、舅が亡くなった日……祥月命日でした。

姑はいつもよりぐっと気合いを入れて自分も和装に身を包み、私も命じられて着物を着ることになりました。お布施も、普段の月命日は五千円のところ、この日は奮発して一万円を包むとのことでした。

「はい、それでは今日は祥月命日ということで、いつもより長めのお経をあげさせていただきますね。もしも途中で具合が悪くなったら、すぐにおっしゃってください」

正樹さんはそう言い、私と姑はうなずいて応えました。

そして読経が始まりました。

たしかに、いつもは二十分ほどで終わるところ、今日はそれを過ぎてもまだ続きます。私は恥ずかしながら足の痺れを感じ始めていました。でも、さすがに三十分くらいでは終わるはず……そう思って、足を崩したいところをぐっとガマンしていました。

するとそのときでした。

姑がいきなり前のめりに倒れ込んでしまったのです。

慌てた私と正樹さんは姑に声をかけましたが、幸いにもちょっと重めの貧血の症状のようなものだったので、大事には至りませんでした。とりあえず安静が必要と、姑の自室に運んで布団を敷いて寝かせました。

「大丈夫ですか、お義母さん？」

「ああ、大丈夫……我ながら情けないねえ、夫の祥月命日すらまともにお勤めできないなんて……」

「代わりに私が最後までちゃんと勧めさせていただきますから」

「ああ、頼んだよ……」

姑はそう言い、しばらくするとスヤスヤと寝息をたて始めました。

ほっと一安心した私と正樹さんは仏間に戻り、読経の続きを始めました。

そして予想どおりおよそ十分後、お勤めは終わり、とりあえず姑の様子を見に行ってみると、変わらず落ち着いた様子で眠っているようでした。

「大丈夫なようです。どうもご心配おかけしました」

「いえいえ、大事でなくて何よりです」

私は姑に代わってお布施を渡しながら、正樹さんにお茶を出しました。

するとどうしたことでしょう。

いつもなら自然に世間話のようなかんじで話せるのに、この日はなんだかお互いに言葉が出てこず、二人の間をえも言われぬ沈黙の空気が満たすばかりです。

これまでだったら、いい雰囲気のところを姑に邪魔されて面白くなく思っていたところ、いざその障壁がなくなり、自由にしてもいい時間を与えられると、逆に緊張で固まってしまったかのようでした。

でも、ようやく正樹さんが声を搾り出してきました。

「奥さん……いいえ、香澄さん……」

そう言って、この間のように畳の上をこちらに手を這わせてきました。

「ま、正樹さん……」

考えてみれば、私も彼も初めて名前でお互いのことを呼び、指先を触れ合わせながら、じっと目を見つめ合いました。そして、双方の体をにじり寄らせ、まさに抱き合わんとしたとき、

「あっ、さすがにこのままでは……」

と言って、彼が仏壇の観音開きを閉じました。

たしかに、こんな許されぬ痴態を、亡き舅に、ご先祖様に見せびらかすわけにはいきませんよね。

きちんと扉が閉じられた仏壇の前、私と正樹さんは改めて向き直り、ひしと固く抱き合いました。そして、唇を触れ合わせました。

「んんっ、ふぅ……」

正樹さんの少しかさついた唇にむさぼられ、私の口はだらしなく開いていき……ぬるりと入ってきた彼の舌に、あえなく自分の舌をとらえられると、ぬちょぬちょ、じゅるじゅると吸われ、からめとられ、くぐもった喘ぎ声と共に、だらだらと唾液が溢れ出してきました。

んじゅ、じゅぶぅ、ぐじゅぶ、ぬぶじゅう、ぐぷ……。

お互いに無我夢中で唾液をむさぼり吸い、二人の大量の滴りが双方の顎から喉を、そして鎖骨のあたりまでを濡らしていきます。

「はぁっ、ああ、香澄さん……っ」

「あ、ああ、正樹さんっ……」

私たちは互いの装いに手をかけ、脱がせ合い始めました。

光沢のある彼の袈裟はツルツルとよく滑り、脱がすのに一苦労です。

彼のほうも、さすがに着物を脱がすことには慣れておらず、まず私の襟元を大きくこじ開けるようにして、遮二無二乳房の谷間に顔を突っ込んできました。

「ああん、はあ、あはぁ……」

その強引な仕打ちが、逆にもう嬉しく、刺激的で、私は久しぶりに味わう興奮の感覚に我を忘れていました。

「はぁ、はぐっ、うぐ……香澄さんのおっぱい、ふっくらとして甘くて……ああ、とても美味しいよ……」

「あふぅ、ま、正樹さん……！」

私も彼の股間に手を伸ばし、そこにあるものに布一枚を挟んで触れていました。それだけでもう十分、いきり立った熱さと硬さが伝わってきました。

こんな感触、いったいいつ以来のことでしょう？

私の体に興奮し、勃起してくれている、剥き出しの欲望。

それが、世間一般的には禁欲の象徴である若き僧侶から発散されているものであることがまた、余計に私の昂ぶりを助長してしまうのです。

「はぁ、はぁ、はぁ……」

お互いに息を荒げつつ、ようやく二人とも裸になりました。

正樹さんの肉体は、思いのほかたくましく、さすが元陸上選手だと感心しました。

頭もまだ完全な剃髪にはしていない、あくまで五分刈りっぽいものなので、まるで高校生と接しているような気分までしてきました。

彼の手が私の乳房を鷲摑み、荒々しく揉みしだいたかと思うと、むさぼりつくように乳首を吸い舐めてきます。

「ああっ、はぁっ……あああん！」

打ちつける快感の波に翻弄され、全身の性感帯が際限なく反応してしまいます。

「はぁぁ、あん、ああ……ねえ、舐めさせて、正樹さんのその大きいチ○ポ、いっぱい、いっぱい舐めさせてぇっ！」

「はぁはぁはぁ……ぼ、僕もっ……僕も香澄さんの……」

そう言ってお互いに求め合い、私たちはシックスナインの体勢になりました。

そして目の前に屹立した彼のペニスを、私はこれでもかと舐め倒し、吸い倒し、しゃぶり倒し……玉袋までずっぽりと口中に含んで転がし弄びました。

「はぁっ、ああ、香澄さん……んんっ、んじゅぶ、はうっ！」

私の攻勢に喘ぎながら、彼のほうも必死に私のアソコを責めたててくれて、その快感にどうしようもなく愛液が溢れ出してしまうのがわかります。

ぐじょぐじょ、ぬじゅぐじゅ、ぐちゃぐちゅ、ずるり……。

彼のペニスのほうも、すっかり先端からガマン汁を滴らせ、ギンギンに怖いくらいに昂ぶりきっていて、竿の表面にウネウネと太く浮き出した血管も、もうぶち破れんばかりです。

いよいよお互いに切羽詰まった状態になってきました。

「ああ、正樹さん、入れて！　私のぐじゃぐじゃのオマ〇コに、正樹さんのぶっといチ〇ポ、奥の奥まで突っ込んでぇっ！」

「ああ、香澄さん……うん、入れるよ……」

次の瞬間、えも言われぬ快感の衝撃が私の中心を貫いてきました。

それは燃えるように熱く、破壊的なまでに豪胆で……私は自分の淫らな肉ひだで、思う存分、それを喰い締めていました。

「ああっ、いいっ……正樹さん、いいのぉっ！　もっと、もっと奥までちょうだいぃ……はあ、は、ああん……！」

「くうっ、香澄さん……香澄さんの中も最高だ……た、たまんない！」

正樹さんの腰の律動が、恐ろしい勢いで速く、激しくなっていきます。

そして、私の奥の奥までこれでもかと貫いてきて！

「あ、ああ、くる……くるわ、あああん！」

「はぁ、はぁ、はぁ、あああああっ……」

お互いにクライマックスが迫っているのがいやが上にもわかりました。

私は両脚で固く正樹さんの腰を挟み込み、締めあげ、より深くその貫きを求め感じ……そして……！

「はぁっ、イ、イク……あ、ああああああっ！」

「あっ、香澄さん、ぼ、僕もぉっ……ううううっ！」

私の中で正樹さんが炸裂し、私はその熱い奔流を受け止め、飲み下しながら、本当に久しぶりに味わうオーガズムの果てに達していました。

事後の身づくろいを済ませ、相変わらずスヤスヤと眠っている姑の様子を確かめると、私は正樹さんの車を見送りました。

次に彼とまた関係できる日が、いつになるかはわからないけど、こうやって一度紡がれた深い絆がある限り、またこの味気ない結婚生活に耐えてがんばっていける……そう思う私がいたのです。

愛してるわ、正樹さん。

■私の体を打ち壊さんばかりに彼は激しく速く腰をピストンさせ、濡れた肉穴を……

北の大地を震わす背徳と純愛の絶叫エクスタシー

投稿者 青沼麻美（仮名）／35歳／北海道

夫と十勝で酪農業を営んでいます。

乳牛の飼育を中心に、他に羊も育てています。もともと夫の家が代々酪農をやっているところに私が嫁ぎ、もう今年で十年……あいにくと子供に恵まれることができず、でもその間に夫の両親も亡くなり、良くも悪くも「孫はまだか」プレッシャーにさらされることも少なくなり、まあ夫婦二人で気楽に暮らしていけばいいよ、と夫も言ってくれて、そんなかんじで日々生きています。

でも、夫のそのやさしい言葉は一方であきらめの裏返し。子供をつくらなきゃならないプレッシャーが弱まった分、夫は私を女として見ることはなくなってしまったようです。

もちろん、酪農業は過酷です。

朝はまだ暗いうちから起きて牛舎の掃除から動物たちの体調チェック、搾乳等の作業に追われ、餌場となる広大な牧草地の管理もしなければなりません。体力はもちろん、神経もすごく使う仕事で、その大変さは並大抵ではありません。でも、夫は元来が人並み外れた肉体の頑健さと……絶倫な精力を誇っていて、前はそれはもう私、時にはいやになってしまうほど、ひいひいと布団の中で啼かされたものです。

だから、まだ四十前の夫が私を抱かなくなったのは、肉体的加齢とか疲弊とかが理由なんかじゃなく、単に私のカラダに飽きてしまったから……。

そして私は知ってるんです。

夫は二週に一回、組合の寄り合いだと言っては町のほうに車で出かけていくんですが、それは女に会いに行くためだってことを。常連になった飲み屋の女と親しくなって、二週に一回、チ〇ポが擦り切れるほど、マ〇コが腫れ上がるほど、そいつとヤリ狂ってるんです！

え、なんでそんなこと知ってるのかって？

夫の友人の健人さんに教えてもらったからです。

先日、夫に用事があってやってきた健人さんが、夫のいない隙に私にそっと耳打ちしてきたんです。

「麻美さん、ほんとはこんなこと言いたくなかったんだけど、おれ、もうどうにも麻美さんのことが不憫で……言っちゃうね」

「えっ、な、なんのこと……?」

「雅也のヤツ、浮気してるぞ、スナックの女と」

薄々はそうじゃないかと思っていた私でしたが、やはり、実際にその事実を聞かされると、さすがにショックでした。

「ほ、ほんとに……?」

「うん。っていうのも、実はおれ、あいつからその女と三人で、そのう……3Pエッチしないかって誘われて……」

はあ?

「なんでも、その女、すんごい淫乱で、普通のエッチじゃなかなか満足できないらしくって……あ、もちろん、おれは断ったよ。だって、その……おれからしたら、その女よりも麻美さんのほうが何倍も魅力的だから……」

最初、夫の3P話のインパクトのほうが強すぎて頭の中がぶっ飛んでしまいましたが、その後まもなく健人さんの聞き捨てならないセリフがハートにジワジワとしみ込んできました。

「え? 私のほうが何倍もって……?」

健人さんは夫と同じ三十八歳で、もちろん妻子がいますが、実はもう何年も前から、私のことが好きだったのだといいます。

「あ、ありがとう……」

「い、いや、その……なんかゴメン。こんな、告げ口と告白をいっぺんにやっちゃうなんて、なんなんだろな、おれ……」

健人さんのその物言いからは、本当に純粋なものを感じました。私のことを好きなあまり、夫のことが許せなくて、どうにもガマンできずに言ってしまったんだろうなって。いや、当然彼のほうも家族持ちですから、倫理的に私への想いが許されるわけもないんですが、淫乱女との3Pエッチを誘ってくる恥知らずの夫と比べて、その想いの一途さはいやでも私の心を震わすものがありました。

私は思わずそっと、彼の手を握っていました。

彼の手は少し汗ばんでいました。

こんな寒い日なのに。

ますます、彼の心がぐっと近くなるのを感じました。

そうしながら見つめ合うと、彼の少し青みがかった瞳に思わず吸い込まれそうになるかと思いました。

と、そこへ夫が戻ってきて、私たちはさっとお互いの手を離しました。

「おう、わりぃわりぃ、待たせたな！　おい麻美、健人と少し話があるから、あっついミルクでも用意してくれ。健人、車だから飲めないものな？」

「ああ。あ、麻美さん、ごめんな……」

奥の部屋へ入っていく夫と健人さんを見送りながら、私はなんとも言えない熱いモヤモヤが胸の中でうずまくのを感じていたんです。

その日から、何度か健人さんと顔を合わせる機会がありましたが、いつも夫が一緒にいたので、まともに話しをすることはできませんでした。

でも、とうとう思わぬ形でそのときはやってきました。

ある日のことでした。

もう相当ガタがきていた牛舎の天井の横のほうに、ついに板の裂け目ができてしまい、その修繕のために夫が梯子をかけて作業することになりました。その位置は地上から三メートルほどはあったでしょうか。

たくさんの牛たちが群れひしめく中、カンカンと金槌で釘を打つ音を響かせながら作業に当たっていた夫でしたが、ふと足を滑らせ、梯子から落下してしまったんです。

「くうぅっ、いってぇ〜〜〜っ！」

どうやら骨は折っていないようでしたが、落下の強い衝撃で捻挫してしまったようで、とり急ぎ家内に運んで応急処置をしました。もう夕方だったので、これから医者に行くわけにもいきません。なにせ一番近場の病院まで車で一時間以上かかるんです。

しかも、折り悪く激しい雨まで降ってきました。さっきの穴のあいた箇所をそのままにしておくと、牛たちが冷たい雨に濡れてしまいます。

と、夫が健人さんに電話したんです。

「……………うん、そういうわけで、ちょっとひとっ走り来て、俺の代わりに作業してやってくれねぇか？　ああ、わりぃな。恩に着る。じゃあ頼むわ」

もう六時を回って薄暗い中、健人さんが車で来てくれるといいます。

私の胸中に、何やら予感のようなものが兆しました。

今日、何かが起こるかもしれない……。

そんな私の胸中など知るよしもなく、夫は痛みでそう易々とは動かせない足を抱えてベッドの上で横になり、テレビを見始めたのですが、そのうちビールを飲み始めてしまいました。

「ちょ、ちょっとあなた、これから健人さんが来てくれるんでしょ？　いいの、もうそんな酔っぱらってて？」

私がそう言うと、

「俺と健人の仲だ、いいんだよ！　あいつはそんなことで文句言うようなヤツじゃないんだから」

と言い、ますますビールを呷り……あっという間に酔って寝息をたて始めてしまいました。私は内心ほくそえみました。これで実質、私は健人さんと二人きりになれる。夫は意外にお酒に弱く、酔って寝るとそう簡単には起きない人なんです。

ガーガーといびきをたてながら眠る夫を尻目に、私は健人さんの到着を待ちました。

そして二十分後、彼の乗る車がやってきました。

「いや～、ひどい雨になっちゃったね！　で、どこを直せばいいんだって？」

「ほんとごめんね、健人さん。こっちなのよ」

私はとり急ぎ彼を牛舎内のさっきの場所まで案内し、彼はカッパを着て早速修繕作業に当たってくれました。あまり見慣れない人間の登場に、牛たちがモーモーと動揺するような鳴き声をあげていました。

そして三十分後、無事作業が完了しました。もともと大工仕事が得意だった健人さんの仕事ぶりは完璧で、問題の箇所はきっちりと密閉されたんです。

「本当にありがとうございます。さ、早く中に入って温かいものを」

私はそう言って彼を家内に招き入れ、暖房の効いたリビングでホットミルクを出そうと用意し始めました。すると、

「あ、麻美さん、今日はその、あったかいお酒……ホットのウィスキーもらってもいいかな？」

健人さんはそう言いました。

一瞬、車なのに、って思いましたが、すぐにその真意に気づきました。

今日は帰らない……彼はそう言っていたんです。

たしかに、夫はアルコールが入っていったん眠りだすと、そう易々とは起きません。

さっき私が抱いた思い……健人さんと二人きりになれる時間への期待が、ひとときからひと晩へと膨らんだ瞬間でした。

私はうなずくと、いそいそと言われたとおりホットのウィスキーを用意し、彼の前に置きました。

「ありがとう。麻美さんもどう？」

「そうね、たまには飲もうかしら」

私は自分の分も用意し、二人でグラスを合わせて乾杯すると、ちびちびと飲み始めました。

隣りの寝室のベッドでは夫がいぎたなく寝息をたてています。

私と健人さんは特別言葉を交わすこともなく、ウィスキーを舐めています。

そのうち、健人さんの例の薄青い瞳に、何か別の光……濡れたような、ギラついたような、そんなえも言われぬものが宿ってきたように思いました。それを見ているだけで、なんだか私、カラダ中が熱く火照ってくるようでした。

ああ、これはアルコールのせいだけじゃない。

私のカラダ、健人さんを欲しがってる。

その想いを改めて嚙みしめると、もう、どうにも、居ても立ってもいられなくなってしまいました。

私は、テーブル越しに身を前に乗り出し、顔を健人さんのほうに近寄せました。そして、目を閉じて唇を気持ち突き出して……。

少しかさついた感触が私の唇に触れ、ついばむようなキスを何度かしたあと、より深く濃厚に吸ってきました。その荒々しくむさぼるような口づけに続いて、思いのほか長くしなやかな彼の舌が入り込んできて……私の舌をとらえました。

「んんっ、んく……ぬふぅ……」

「んぐっ、んっ、んふっ……」

お互いの舌がからみ合い、吸い合い、むさぼり合って……その蕩けるような官能の感触に、私の頭の中は真っ白になっていきました。

健人さんはおもむろに立ち上がると、テーブルを回り込んできて、私を立たせ、がっちりと全身を抱きしめてきました。その締め付けはまるで子羊を絞め殺そうとする大蛇のように容赦なく、でも同時にこれでもかと愛情を注ぎ込んでくるようでもあり、私は体中から力が抜けていってしまいました。

そして、どうしようもなくアソコが熱く疼いてきてしまって！

「あ、ああ、健人さん……っ！」

「麻美さん、麻美さん……！」

私たちはせつなげに互いの名を呼び合うと、そのままもつれ合うように床暖房の効いたフローリングの上に倒れ込みました。

そのままもどかしげにお互いの服を脱がし合って。

お互いの裸体をまさぐり合って。

彼の手が私の乳房を揉みしだき、乳首を摘まみこね……思わずツンと立ってきたところを、例の長い舌がとらえてきます。乳首にからみついてきたソレは、ニュルニュルとのたくるようにうごめき、敏感な突起をこれでもかと吸いたててきます。

「ああ、ああん……はぁ、ぁああっ……」

私はそう言って喘ぎつつも、手を目いっぱい下のほうに伸ばし、彼の昂ぶりをとらえました。すでにビックリするくらいに熱を持ったソレは硬く見事にそそり立ち、私の手の中で跳ねる、活きのいい魚のようでした。

たまらず、その大きく張った亀頭のところをこね回すように激しく愛撫してあげると、ますます昂ぶりは大きく脈打って。

「ああ、麻美さん……んんっ、く……」

健人さんも呻くようにそう言うと、膝立ちになって私の眼前に昂ぶりを突き出すようにしてきました。明るい光の中でまじまじと見るソレは、夫のモノより一回りくらい小さいようでしたが、そんなのなんの問題もありません。私のことを愛し、求めてくれる相手の性器に勝るものなどありません。

私はうっとりとソレを捧げ持ち、舌を這わせました。亀頭の笠にまとわりつくように、竿の表面に浮き出た血管をなぞるように……そして、玉袋を摑んで揉み回しながら、昂ぶりの先端からグイグイと深く、喉奥まで呑み込んでいき、顔を前後に大きく振りたててしゃぶりあげました。

じゅぶ、じゅにゅ、ぐぷ、ぬぶ、じゅるぶ……、

「ううっ、くうっ、ああ、あ……」

私のフェラに悶えヨがる健人さんの声が、なんとも心地よく耳朶をなぶり……夢中でさらにフェラを続けようとすると、おもむろに私はそれを止められ、いったん立ち上がらされると、テーブルに両手をつかされ、お尻を後ろに突き出す格好にさせられました。

「はあ、はあ、おれ、後ろからが好きなんだ。麻美さん、いいかな？」

彼にそう問われ、もちろん、いいも悪いもありません。

「ええ、いいわよ、きて！　おもいっきり後ろから突っ込んで！」

「ああ、麻美さん……っ！」

彼は私の返事に応えて、がっしりと両手でお尻の肉を鷲掴むと、狙いをすまして昂ぶりをあてがい、そのままズブズブとヴァギナに沈め入れてきました。

ああ、久方ぶりのこの肉の棒の感触、力感……！

「あはぁっ、あ、ああ……いいっ、いいの！　健人さんっ……」

「はぁ、はぁ、はぁ……ま、麻美さんっ！」

私の体を打ち壊さんばかりに彼は激しく、速く腰をピストンさせ、濡れた肉穴を何度も何度も穿ち、貫きました。

「あぁっ、あぁぁぁぁ～～～～～っ！」

もう隣りの部屋で夫が酔いつぶれて寝ていることなど、完全に頭の中から消し飛んでしまい、私は半狂乱で感じまくっていました。

そしてひと際激しい抽送のあと、健人さんが大きく体を震わせて昂ぶりを爆発させ、私もその熱い流入感を胎内で噛みしめながら、イキ果てていたんです。

その後も、真夜中まで何度も二人愛し合いました。

もう、夫がよその女と何をしようが、どうでもいいことです。

私には健人さんがいる。

そう思うだけで、日々の苦しい酪農作業にも、愛のない夫婦生活にも耐えていける

……そんな今日この頃なんです。

第二章

異邦の誘惑にとらわれ乱れる田舎妻

■私たちは三人がつながるような格好でドロドロに蕩け合い、むさぼり合って……

処女を捧げた元カレとのサプライズ3P再会オーガズム

投稿者 羽佐間由香（仮名）／32歳／山形県

私が住んでいるのは、単線の電車駅しかない、どこへ行くにも不便な山形県のはずれの小さな町です。真昼間でも通りにほとんど人影はなく、立派な道路が街中を貫いているものの、走る車の量もまばらで、都会の人から見たらまるでゴーストタウンのように感じてしまうでしょうね。

でも私はここで生まれ、ここで育って三十二年。小・中・高と地元の学校に通い、その後やはり地元ではまあまあ大きな農業器具販売店に就職して、そこで出会ったおない歳の夫と結婚し、一男一女をもうけ現在に至ります。夫もまあまあ出世して店長になってくれたので、安定した暮らしの中、専業主婦としていたって満足な日々を送っていたんです。

そう、あの人が、この町に帰ってくるまでは。

それは、長女を幼稚園に送り出し、まだ小さな長男を胸に抱きかかえて、おっぱいを出して母乳を飲ませている最中のことでした。私のスマホが鳴ったんです。表示された番号は登録されていないもので、私は一瞬訝しんで無視しようかと思ったんですが、なんとなく虫の知らせのようなものを感じて、応じることにしました。

「はい、もしもし？」

「あ、あの、もしもし……由香？」

「は？　はあ、はい、羽佐間由香ですけど……どちらさんですか？」

「俺、俺……覚えてないかな？　浩介だよ、木村浩介！　高校のとき、その……つきあってた……」

「ええっ、コウちゃん？　ホントのホントに？」

「へへ、よかったあ、覚えててくれて！」

忘れるわけがありません。

何を隠そう、彼は私が処女を捧げた相手なんですから。

高校三年の夏のこと、そのとき私はすでに就職先も決まり、いたってお気楽かつ、でもなんだか微妙に気を遣う日々を送っていました。だって、まわりにはまだ大学受験を控えた同級生なんかも少なからずいて、私一人が解放感に促されるままはしゃいでいるわけにもいかないじゃないですか。だから自然と、同じような境遇の就職組や早々と推薦で進学を決めてしまっているような連中とつるむようになっていき、浩介もそんなうちの一人でした。

来春から東京の専門学校へ進学することが決まっていた浩介は、なんだかとても私と気が合って、電車に乗って山形市まで一緒に映画を見に行ったり、ゲーセンに行ったりと、楽しく行動を共にしていました。

ただ、つきあっていたのかといわれると、私はそこまでの思い入れはなかったような気がしますが、彼のほうが私に対してすごく好意を示してくれていたのは間違いありませんでした。

そんなわけで、彼がまさに東京に旅立つというその前日、私は彼の思いつめたような懇願を聞き入れ、ちょうど旅行に行って両親が留守だった私の家で、二人とも生まれて初めてのエッチをしたんです。そう、私は処女で、浩介は童貞……最初はお互いに勝手がわからなくてちょっと難儀したけど、なんとかコンドームを装着して、ようやく彼のモノが私のアソコのワレメを割って侵入し、信じられない激痛とともに抜き差しを何度か繰り返し、ものの二分と経たないうちに彼が、

「あうう、お、おら、もう出そうだや……ううっ、あぐぅ！」

と大きく喘ぎ、ビクビクと体をわななかせて放出。

もちろん、私のほうは気持ちいいなんて境地には程遠く、なんだかよくわかんないままに、でもちゃんと血は出てるしこれで晴れて処女喪失ね、と清々した気分に包まれたことを覚えています。

「はあ〜……よがった……おら、おめのこと、一生忘れん……」

それに反して浩介は感動いっぱいというかんじで私を熱く見つめて言い、私のほうもなんだかそれで初めて胸がキュンとしちゃったかんじで、この日は一生忘れられない思い出となったのです。

でも、その日以降、現在に至るまで彼との間には一度も音信はなく、それが実に十四年ぶりにいきなりこうして連絡があったわけですから、驚くなというほうが無理な話でしょう。

聞くと、専門学校を卒業した彼は、その後仲間とＩＴ企業を立ち上げ、幾度かの危機に陥りながらもなんとか軌道に乗せ、今では十人の従業員を抱え、年商も一億近くを誇る会社にまで成長させたのだといいます。そして今回、実に五年ぶりに故郷に里帰りし、知り合いのつてを頼って何とか私の連絡先を調べ上げたのだと、彼はちょっと照れながら話してくれました。

「ねえ、これから会えないかなあ？　俺、明日には東京に戻らなくちゃいけないんだよね。今日が由香に会える最後のチャンスなんだ。次帰ってこれるのはもういつになるかわかんないし……ね？　十四年ぶりの俺のお願い！」

私は思わず吹き出してしまいながらも、頭の中で策を巡らせました。長女が幼稚園から帰ってくるのは午後一時だから、それまでにまだ四時間ある。その間、おっぱいでお腹がいっぱいになったこの子がうまく眠っていてくれれば……私は、一生懸命私の乳首を吸う長男の顔を見ながら、そう思いました。

「わかった。住所教えるから今すぐうちに来てくれれば、うまくすれば三時間くらい都合つけられるかもしれない。ひょっとしてダメになるかもしれないけど、もしそれでもよければ……」

という私の返事に、浩介は前のめりに応えてきました。

「行く行く！　四十分……いや、三十分で行くから、待っててくれよ！」

スマホの通話を終えると、私はじわじわと嬉しさと期待がこみ上げてくるのを感じました。今はなんだかなし崩し的に浩介の勢いに押されちゃった感じだけど、やっぱり私も会いたくてたまらない！　なんだかんだ言っても、私の初めての男……心と、そしてカラダも沸々と興奮に沸き立ってくるのをどうにも抑えられませんでした。

するとそれから三十分後、お腹いっぱいになった長男がスヤスヤと寝息をたて始めました。ばっちりです。ウチの子、一度こうなると滅多なことでは起きないので、まさに願ったりかなったりです。

そしてその後まもなく、玄関のチャイムが鳴り、私は浩介の到着を知りました。

ああ、浩介ったら今、どんなふうになってるんだろう？

私は期待に胸を高鳴らせながらいそいそと玄関に向かい、相手を確かめることも面倒くさく、すぐにドアを開けていました。

そしてそこには、まぎれもない、あの浩介がいました。それも、前の何倍もかっこよく、たくましい姿になって！　……でも！

彼は一人ではありませんでした。

もう一人、同じような年恰好の男が、浩介の後ろに立っていたのです。

「あ、ごめん、ごめん！　電話で言いそびれちゃったね。これ、一緒に会社やってる健太っていって俺の右腕的存在。いや、どうしても由香に会いたいっていうもんだからさ、連れてきちゃったんだ。ダメだった？」

って、今さらダメって言ってもしょうがないでしょ？

私は相変わらずの浩介のちょっと自己中なところに苦笑しながらも、仕方なく二人を家に迎え入れました。

ひょっとして今日、浩介と昔みたいに愛し合えるかもって、ちょっと期待しちゃったけど、そんなのあるわけないよね……私はいけないことを考えてしまった自分を少し反省しながら、お茶を用意して二人をもてなしました。

そしてしばらく、浩介との他愛ない昔の思い出話に興じ、健太さんのほうもうまくノリを合わせてくれながら、楽しい話が一時間ほども続きました。

すると、唐突に健太さんが言いました。

「由香さん、コイツの初めての女だったんですって？　処女だったらしいけど、なんだかやたら具合がよくて、コイツ、あっという間にイッちゃったって」

「……はあ……⁉」

私は彼のまさかの物言いに、開いた口がふさがらなくなってしまいました。

ちょっと、何言ってんの、この人？　正気？

っていうか、浩介、本当にそんな話、この人にしたの？

「いや、あんまりコイツがその話するもんだから、俺もいつの間にか、一度でいいから、その最高に具合のいい由香さんのカラダを味わってみたいなあって思うようになっちゃって……今日はついてきちゃったっていうわけなんですよ、へへへ」

へへへじゃないよ！　そりゃたしかに今日、一度は浩介との再会エッチを期待しちゃった私だけど、なんであんたなんかと！

「ちょっと浩介、こういう悪い冗談、やめてくれる？　すごい気分悪いんだけど！」

私はマジギレして、そう浩介を非難したのですが、彼は黙ったまま謝ろうとはしませんでした。いや、それどころか、

「冗談なんかじゃないよ。うちの会社さ、健太がいないとどうにも回らない状況でさ……今や俺が生きるも死ぬも、みんなコイツ次第なんだ。だから、俺にできることでコイツがやりたいっていうことは、何が何でも実現させてやらないと……」

なんてことを言いだしたんです。

そう、そのとき私はすべてを理解したのです。

浩介が今日いきなり連絡して会いたいって言ってきたのは、私をまだ愛してくれているからなんかじゃない。むしろ逆で、保身のために私を他人に抱かせて平気だなんて……私のことを虫けらみたいにしか思っていないからなんだ！

ショックでした。

ショックのあまり、頭の中は真っ白。

全身から脱力してしまい、体は微動だにしません。

そんな私の様子を窺いながら、二人の男は目くばせし合っています。

そして二人しておもむろに立ち上がると、私に群がってきました。

浩介との再会のためにと着替えた、一張羅のブラウスとスカートが引き剝がされるように無残に脱がされ、ブラジャーを剝ぎ取られ、パンティもむしり取られ、私はあっという間に全裸にされてしまいました。

「あ、ああっ……だめ、やめて……」

最後の抵抗ともいえる、蚊の鳴くような情けない声が私の喉から漏れましたが、もはや焼け石に水……いえ、むしろ、男の欲望を煽る呼び水のような効果をもたらしてしまったようで、

「へへっ、ダンナのいない間にこっそり元カレを家に上げておいて、今さらいけしゃあしゃあとそれはないよなあ？　ヤル気満々だったんだろ？　さあ、お望みどおりヤッてやるよ！」

と、健太さんはがぜん目をギラつかせて、私の胸にむしゃぶりついてきました。そして、ぎゅむぎゅむと乳房を揉みしだきながら、ちゅうちゅうと乳首を吸い搾ってきたのですが、突然、

「んん……っ？　お、おおっ！　こりゃ……母乳だ！　そういやさっき授乳中だって電話で言ってたみたいだけど、ほんとだったんだな！　こいつはラッキーだぜ！　母

乳舐めながらセックスできるなんて、そうそうできるもんじゃないぜえ！」

と喚きたて、ジュルジュルジュル～ッと、ひと際大きな啜り音をたてながら、私の乳首を吸い上げてきました。

「うまっ、うまっ、うま～～～！　ママ、おっぱいおいしいよ～～！」

まるでアタマがおかしくなったかのような、とち狂った奇声を発する健太さんを見ていると、うすら寒ささえ覚えましたが、私はただ黙って見ているしかできませんでした。すると、とうとうそこに浩介も加わってきました。

「由香、俺ももうガマンできないよ……ああ、このカラダ、久しぶりだあ」

と、感極まったような声をあげながら、私の股間にしゃぶりついてきたんです。そしてさんざんアソコを舐めまくり、その刺激に否応もなく愛液が溢れ流れてくると、

「うおお、すげぇ、すげぇ、すげぇ洪水っぷり！　やっぱセックスになれた人妻の濡れっぷりは凄まじいなあ！　あと、子ども二人も産むと、さすがにちょっと緩くなってきたかな……？」

とまあ、なんて失礼な物言い！

私は内心憮然としましたが、正直、そのとおりなんだろうなと思いました。

そして、二人の男に責めたてられながら、夫との慣れきったセックスとはまったく

違う、やたらスリリングな興奮に満ちた快感が体中を覆いつくしていくのを、否が応にも認めざるを得ませんでした。

「あうぅ……は、はぁっ……んあっ、ああ、あくぅ……」

「ふふふ、そうそう、だいぶいい声が出てきたじゃねーか。じゃあ、ここらでいっちょオレのチ○ポ、舐めてもらおうかな。ほら、しっかりしゃぶってくださいね！」

いつの間にか衣服を全部脱いだ健太さんが、股間の屹立したモノを私の唇にねじ込むようにしてきました。あまりきれいに洗っていないらしく、すえたような生臭い匂いがしましたが、今やけっこう昂ぶってしまっている私はあまり気にならず、素直に咥え、舐めしゃぶり始めました。

大きく張り出した亀頭の笠の縁に沿って舌を這わせ、鈴口を舌先でほじくるようにしてあげます。そして、竿の表面にウネウネと浮き出した太い血管をなぞるように舐め上げたあと、ギンギンに硬くなったその先端をジュッポリと咥え込み、喉奥で締め上げるようにして口内に何度も何度も出し入れしてあげると、

「あううっ、す、すげ……おしゃぶり、たまんねえっ！　それじゃあそろそろ、その自慢のマ○コに入れさせてもらおうかな」

と言い、浩介と場所を入れ替えると、私の両脚を大きく広げてしっかりと抱え込み、

いよいよ昂ぶりを肉裂の中に沈み入れてきました。そして、私の肉密度を楽しむかのように、ゆっくりと腰を何度か行き来させると、肉ひだがヌルヌルとからみついてくるみたいで……

「くうっ……た、たしかにっ！　これが噂に聞く『ミミズ千匹』かあっ？」

と、よくわからないことを口走りながら、次第に抜き差しの勢いとスピードを上げてきました。今やもう、ズッチャヌッチャ、グジュ、ヌジュ、ジュブジュブ……と、あられもなさすぎるイヤラシイ音を発しながら私のマ〇コは深々とえぐられ、とめどない快感が次から次へと押し寄せてきました。

「あああっ、あん、あん、ああっ……ひぃぃっ……！」

私の喘ぎもいよいよ最高潮に達してきましたが、そこへ浩介が割り込み、空いている口中に自分のペニスを押し込んできました。

「ああ、由香、俺の……俺のチ〇ポもしゃぶってくれぇ！　ほら、おまえに男にしてもらった思い出のチ〇ポだよぉっ！」

一瞬ちらっと「ギャグか！」と思いましたが、まあ、間違いではありません。

私は気を取り直して、彼のペニスをがっつりと咥え込んであげました。そして、下から健太さんの激しい突き上げを受け止めながら、そのリズムをそのまま伝えるような形で浩介のペニスをしゃぶりたてて……三人がつながるような格好で、ドロドロに蕩け合い、むさぼり合ったのです。

結局、都合二回、健太さんは射精し、浩介も三回、そして私は……なんだか数えきれないくらいイキまくっちゃって……それはもう、乱れに乱れた絶頂のときを過ごしてしまったのです。

大満足した健太さんと浩介が帰っていき、一時間後、シャワーを浴びてさんざん浴びたドロドロをさっぱりと洗い流した私は、いつもの場所へ、長女の幼稚園バスのお迎えに向かいました。

夫に対して、少しだけ後ろめたいものを感じましたが、あくまで少しだけ……。そんな自分に、一番びっくりしてしまった出来事でした。

■そこにはとても還暦を迎えたとは思えない、隆々とたくましく勃起した男根が……

実家の温泉旅館の苦境を救うべく人身御供となった私！

投稿者　内田翔子（仮名）／26歳／大分県

私の家は、別府でもう百年近く続く温泉旅館です。

社長である父が経営に辣腕を振るい、五代目女将の母が旅館の〝顔〟として従業員の皆を引っ張るという体制で、料理、ホスピタリティとも評価が高く、とても人気のある繁盛店でした。私も福岡の短大を卒業後は地元に戻り、ゆくゆくは母を継いで六代目女将となるべく、若女将として日々、修業と奮闘の日々を送っていました。いずれは父のように、婿入りしてくれる男性と結婚して、夫婦二人三脚で旅館をさらに盛り立てていくことを目指して。

ところがある日突然、私のそんな将来のビジョンが、もろくも消し飛んでしまう出来事が起こりました。

父が交通事故で急死してしまったんです。

高齢ドライバーの逆走による正面衝突で、即死でした。

しかし、大勢の顧客・予約客を抱える我々に、父の死を悼み、悲しんでいる暇などありませんでした。通夜・葬儀もそこそこに、皆原状復帰の通常営業。当面、母が社長兼業として頑張っていくことになりました。

さあ、いつまでもメソメソしてても始まらない、気を取り直してやっていきましょう。そのほうが、あの人の供養にもなるはずだから。うん、そうだね。

母と私は、そう言ってお互いを励まし合いました。こうなったからには、私も一日も早く一人前の女将になって、母の負担を少しでも軽くしていかなきゃ……そう心に誓ったんです。

でもその後、さらなる衝撃が私たちを襲いました。

なんと生前、父が私たちには内緒で不動産投資に失敗、三億もの借金をつくっていたことが発覚したんです。

さすがの私と母も、このときは目の前が真っ暗になりました。

五代続いたこの旅館を、いよいよ手放さなければならないかも……最悪の事態が私たちの脳裏をよぎりました。

と、そんな我々に救いの手が差し伸べられたんです。

我々の窮状を知った、地元ではかなり有名な食品会社の経営者男性から連絡があり、援助を申し出てくれたのでした。

ただし、それには条件がありました。

その経営者の人はSさんといい、現在六十一歳。四年前に病気で奥さんと死別されているのですが、

「自分と結婚してくれるなら、借金全部、面倒見てあげる」

と、言ってきたんです。

当初、当然我々はこう思いました。

母は今年で五十一歳。まだまだ若々しくてきれいだし、Sさんが惚れちゃうのもわかる。お父さんにはちょっと申し訳ないけど、そもそもこうなったのも自分の借金のせいだしね。旅館存続のためなら許してくれるよ。

ところが、本当の意図を知り、大仰天。

Sさんが結婚を求めてきたのは、なんと私のほうだったんです！

え、二十六歳と六十一歳って……その歳の差、実に三十五！

ほぼ三回り違うって、そんなのあり⁉

もちろん母は、Sさんに直談判して、私はいかようにもなりますが、娘は……堪忍してあげてくださいと、翻意を懇願したんですが……ムダでした。

五十路のばばあなんてなんの興味もない。俺はピチピチの娘さんを嫁さんにしたいんだ。それがイヤだって言うのなら、今回の話はなかったことに。

Sさんの意思は固く……というか、私への執着っぷりはもうハンパなく、取りつく島もありませんでした。

そこで私は意を決して、母に告げたんです。

わかった。私、Sさんと結婚する、と。

当然、母は私をいさめようとしました。

それはだめ。この旅館を手放したくないのはやまやまだけど、かと言って、あなたの人生を犠牲にするなんて、そんなの絶対に許されない、と。

でも結局、これはお母さん一人の気持ちの問題じゃない。長年働いてくれてる従業員の皆を路頭に迷わせないためでもあるのよ！　という私の説得に、とうとう母も折れる形になったんです。

母は泣いて私に謝りましたが、私のほうも、ただ自分を殺して旅館のために身を捧げようと思ったわけじゃありません。

言っても、相手は還暦の初老男性です。

結婚して夫となったとしても、気持ちはどうあれ、肉体的にはそうそう私を求めてくるような余力もないはず……だったら、月に一度か、二〜三ヶ月に一度かわからないけど、妻として最低限のお相手をしながら、その間、好きになった人と自分のためにこっそりつきあえばいい。そうやって心身の癒しを求めるくらいのことは、私にも許されていいはず。そうしてるうちに、どう考えたって向こうは私よりずっと早く死んじゃうんだから……そんなふうに考えていました。

でも、その後すぐに、私はとんだ思い違いをしていたことに気づきました。

Sさんのことを完全に見くびっていたんです。

さすがのSさんも挙式したいとは言わず、役所で婚姻届けを出すだけの手続きを踏んで、私たちは夫婦になりました。

そして、基本的にSさんは今住んでいる二百坪の豪邸から、気の向いたときに私の住まいにやってくるという、いわゆる〝通い婚〟での結婚生活が始まることになりました。

その最初の日。いわば新婚初夜です。

今日、これから行くよ、というSさんからの連絡を受けた私は、そのことを母に告げ、若女将としての仕事を切り上げると、夫を出迎える準備にとりかかりました。

お風呂に入って全身の隅々まできれいに洗い、軽く香水を振ると、浴衣に着替えました。もちろん、下着は上下ともつけていません。

夜の十時頃、Sさんがやってきました。

目を細めて、きれいだよ、と私のいで立ちを褒めてくれると、私のお酌で熱燗をやりながら、板さんに用意してもらった心づくしの料理を口に運びました。

そして十一時近くになった頃でしょうか。

私たちは、隣りの部屋にすでに敷いてあった布団へと移動しました。

布団の上に並んで腰を下ろすと、Sさんが唇を寄せてきました。

私はそれを受け入れ、お互いに軽くついばむようにし合ったあと、Sさんの舌が口内に入ってきました。その動きは、最初様子を窺うかのようにゆっくりだったのが、私が素直に反応しているのを確認すると、徐々に大胆かつ濃厚になってきました。

私の上下の口蓋中をこれでもかと舐め回しながら、歯の裏側にまで吸いついてきて……舌同士をからませ合うと、絶妙の動きでしゃぶりあげてきました。

「んんっ、んぐ……はぁううう……」

私、なんだかもううっとりしてきてしまい、思わず、声にならない喘ぎをあげていました。さすが年の功、なかなかのテクニシャンのようです。

Sさんはそうやって私の唇をむさぼりながら、同時に胸元のほうに手を伸ばし、浴衣の合わせ目から差し入れると、乳房を撫で、やさしく揉み回してきました。乳首も摘ままれ、コリコリといじくってきます。

「ふはぁっ……ああん、はぁ、ああっ……んぐっ……」

「ぷはぁっ！　ああ、翔子……俺が想像してた以上にモチモチして柔らかくて……ああ、すばらしいオッパイだ！」

Sさんは鼻息荒くそう言うと、もどかしげに帯をほどき、私の浴衣の前部分を全開にさせ、乳房にむしゃぶりついてきました。

「ああ、翔子ぉ……んんっ、翔子〜〜っ！」

何度もそう繰り返しつつ、乳房を揉みしだきながら、乳首を吸い、舐め回し、しゃぶりたててきて……。

「はぁっ、はぁ、ああん、ひあん……」

Sさんのツボを押さえた愛撫にすっかり翻弄されながら、私はその股間に手を伸ばしてみました。すると……！

そこには、とても還暦を迎えたとは思えない、隆々とたくましく勃起した男根がありました。

「……ええっ？　す、すごい……！」

「ははは、そうか？　まあ、歳は還暦でも、こっちのほうは現役バリバリだからな。これからいやっていうほど可愛がってやるからな、翔子」

Sさんはまんざらでもない顔でそう言い、私に男根をいじらせながら、再び自分の愛撫に戻っていきました。

あらためて握り直したそれは、カチンカチンに硬く、燃えるような熱を持っていました。亀頭の笠も大きく開いていて、それが自分の中を激しく行き来しながら肉土手にこすれ、引っかかる感触を想像すると、カラダの奥底のほうからズキズキと疼いてきてしまうのが実感されました。

そんな私の昂ぶりを知ってか知らずか、Sさんは何食わぬ顔で私の乳房・乳首を口唇愛撫しながら、指をアソコのぬかるみに差し入れ、くちゅくちゅと音をたてて掻き回してきました。その指の動きもまた、年季の入ったテクニックに裏打ちされた見事なものでした。

「ああっ、は、はぁっ……ううん、いいっ、あふぅ……」

私は腰をびくん、びくんと震わせながら、ますます官能を昂ぶらせ、自ずとSさんの男根をさする手にも力が入ってしまうのです。

「おお～っ、いい、いいぞ！　そういう痛いくらいに激しいのが、またたまらなくいいんだ！　ううっ、はぁ……なんだかもう限界だ！　入れるからね？　いい？」

途端に切羽詰まったようになってそう言ってきたSさんに対して、私はうなずきで応え、自分から大きく両脚を広げてアソコをさらしていました。

そこへ、態勢を整えたSさんが覆いかぶさり、正面から深々と男根を突き入れてきたんです。私の熱く濡れた柔らかな秘肉は、鉄のような肉棒に穿たれ、押しひしゃげられ、肉びらをすりつぶされるようにして蹂躙されました。

「あひっ、ひぃ、ひっ……すごっ、おおっ、あああ～～ん！」

「くふぅ、翔子っ、いいぞ！　翔子のお◯こ、ギチギチに締め付けてきて……くうっ、最高の感触だあっ！」

見る見るSさんの腰の律動は速く、激しくなっていき、その叩きつけるようなピストンのインパクトに、私はたまらず全身をのけ反らせてよがり狂っていました。

「あっ、あっ、あっ……イ、イク……もう、イッちゃうのぉっ……！」

「あう、翔子、翔子、翔子ぉぉぉ～～～～っ！」

と、私はSさんの熱い精のほとばしりを胎内で受け止めながら、かつてないほど強烈なエクスタシーの大波に呑み込まれていたんです。

二人汗にまみれ布団の上に横たわり、快感の余韻に浸りつつ、Sさんが煙草をくゆらせながら言いました。

「ふぅ〜……いつもなら、もっともっと長持ちするんだけど、今日はあっという間だったな。なにしろ、翔子が魅力的すぎるんだよ。愛してるよ、俺の最高の奥さん」

私は照れくさくなりながらも、反面、心の中は冷静でした。

確かに今日は思わず感じまくっちゃったけど、次はせいぜい一ヶ月先か、二ヶ月先か……こうやって妻の体面をなんとか保ち続けていれば、そのうち体も続かなくて、向こうから遠ざかっていってくれるはず。しばらくの辛抱よ。

ところが、Sさんが次にやってきたのは、なんとわずか二日後でした。

とはいえ、私とやりたいという気持ちだけ先走っての、体はついていってこれないっていうパターンかなと思いきや……ますます肉棒ビンビン、Sさんは十代男子並みの元気さで、お腹につかんばかりに反り返った勃起具合を見せつけてきました。

「ああ、ほら、翔子と早くやりたいって、もう俺の息子、だらしなくヨダレ垂らしちゃってるよ。ほら、舐めてやっておくれ」

その言葉どおり、先走り液を先端から滲み出させた男根を、私は驚きの気持ちを抑えながら咥え込みました。ちょっと苦みのあるその味わいに、不覚にもこっちまでまた煽られ、昂ぶってしまいました。

「ああ……んぶっ、ぬふぅ……んちゅ、ぬにゅぶぅ……」

しゃぶればしゃぶるほど、私の口中でさらにグングンと大きく硬くなってゆくソレ
……ああ、す、すごすぎるっ！

「あううっ、だ、だめだっ……！」

びくびくっ、と全身をわななかせたかと思った次の瞬間、Sさんは私の口の中で精を炸裂させていました。それはもう、還暦男性とはとても思えぬ量と濃厚さでした。

すべてを飲み干して私がそう言うと、Sさんは平気な顔をして、

「んぐっ、んぐんぐ……はぁっ～……とても、美味しかったです」

「まだまだ！　今日はな、ちゃんとバイアグラ呑んできたから、まだまだいけるよ！さあ、今度は翔子が楽しむ番だ」

と、すぐにまた硬くさせると、続けざまに私のアソコに挿入してきました。
マ、マジでっ……!?
それがもう、マジも大マジ！

Sさんは昨夜以上の迫力で私を貫き犯し、そしてまた、私も前回以上のエクスタシーの果てに悶えよがってしまったんです。

その後、Sさんは週に二回のペースでやってきては、私との夫婦生活を満喫するよ

うになりました。恐るべき還暦です。

そしてとうとう、こんな信じられないことを言いだしたんです。

「なあ、翔子。おまえの母親、最近寂しがってないか？」

「えっ？　それ、どういうことですか？」

「いやほら、なにせ最初は自分のほうが俺と結婚するつもりでいたわけだろ？　当然、俺とナニすることも想像してただろうに、結局、肩透かしくらった形じゃないか」

「まあ、そう言われれば……」

私は適当に相槌を打ってお茶を濁そうと思ったんですが、Sさんは、

「ものは相談だが、俺たちとおまえの母親の三人で、3Pっていうのはどうかな？　しかも母娘どんぶりだ。く～っ、こりゃたまらんなあ～」

「…………！」

いくらSさんに対して私たち親子の立場が弱いといっても、こんなめちゃくちゃな提案を受け入れるわけにはいきません。さすがに私が怒ってそう言うと、Sさんもすぐに謝ってきて、ほんの冗談だよと言いました。

と、そんなくだらない話、私はじきに忘れてしまいました。

ところが、思わぬ形でまたその話を蒸し返されることになったんです。

旅館の帳場で、母とお茶を飲みながら一服しているときのことでした。母が急にこんなことを言いだしたんです。

「あのね、お母さんね、今すごくヴ○トンのバッグが欲しいの」

「ふ～ん……まあ、下半期の業績次第じゃない？　その決算で余裕があれば、お母さんの好きなように使えばいいじゃない」

私がそう言うと、母はちょっと言いにくそうにしたあとに、こんなことを言いだしたんです。

「実はSさんがね、私がおまえといっしょに夜の相手をしてあげれば、買ってくれるって言ってるんだけど……どう？」

目が点になりました。

Sさんたら、あきらめきれずに母のほうに例の話を持っていっていたんです。

「お母さん、マジでそんなこと言ってるの？　私がこれからもっとがんばって、そのうち買ってあげられるようにするから……」

そう言っていさめようとしたんですが、母ときたら、

「うんと……それにね、お母さんも最近、ちょっとなんだか寂しくなってきちゃって……ほら、おまえからSさんについてはいろいろ聞いてるし……で、たまらなくなっ

てきちゃったの。ごめんね、こんな意地汚い母親で……」

母も、まだまだオンナだったんです。

私はけっこうなショックを受けながらも、なんとか母を言いくるめて、その場をしのぎました。

物欲と性欲のダブルで攻勢をかけてきたSさん、恐るべし。

結局、その両方に屈した母が再度私に泣きつき、Sさんとの母娘3Pが実現してしまうのも、そう遠い話じゃないかもしれません。

まだまだ、私の波乱の人生は続くようです。

■私は腰を浮かすと先生のペニスの先端に花弁を押し当て、素早く挿入して……

夜の教室で娘の担任教師と淫らなPTA活動に励んで！

投稿者　黒沢麻衣子（仮名）／35歳／千葉県

千葉県在住といっても、自宅マンションのベランダから見下ろす江戸川を渡ってしまえば東京都……なので、自分では勝手に都民の意識でいます。ええ、ですから、〝地方の、田舎の人妻〟いうくくりにはちょっと抵抗があるのですが……でもまぁ聞いて下さい。

私は二十五歳のときにお見合い結婚しました。

夫は一回り以上も年上の当時三十九歳でした。

友人たちは、「そんなオッサンと本当に結婚するの？　大丈夫？」と口々に心配しましたが、若い頃の私は年上の男性が好みだったんです。ここだけの話、会社の上司と不倫の経験もあります。同年代の男と違って年の離れた男性は落ち着きがあり、頼もしいところが魅力的です。

でも、そうは言ってもいろいろあって、当時不倫で疲れていた私は、恋愛にも疲れ果てていました。そんな折、親戚が持ってきた縁談話は願ったり叶ったりでした。何かに理由をつけて一刻も早く退職したかったからです。

そんな感じで見合いから婚約、結婚までわずか四ヶ月で黒沢姓に変わり、専業主婦になった私は家事をがんばり、夫の慎弥の身の回りを甲斐がいしく世話しました。

一年後、愛娘の梨花が生まれると夫も育児を手伝ってくれるようになり、私は毎日この上なく幸せを感じる日々を送っていました。

十年の月日が経った今も、もちろん幸せには違いありません。三年前に部長に昇進した夫のお陰で金銭的にも生活は豊かです。小学四年生になった梨花は、勉強の成績は普通だけど運動が得意。明るくて健康だし、お友達もたくさんいるし、特に心配することはありません……ですから、この先もこの穏やかで平穏な幸せはずっと続く、そう思っていたのですが……。

最近の私は夫に対して不満です。

夫が私との夜の営みを拒否するようになったからです。

最後にセックスしたのは三ヶ月前……いいえ、セックスとは呼べません。だって性交の最中に夫のおチン◯ンはふにゃふにゃになってしまい、インサート叶わず終わってしまったのですから。

夫は、

「疲れているんだ、すまない」

と侘びました。私は、

「気にしなくていいのよ」

と言いながら、お股の穴から溢れた液体をティッシュで拭き取りました。

それから二回ほど性交を試みましたが、やはり途中で夫はふにゃチンになりました。夫が興奮しそうなシースルーのスリップとパンティを、わざわざ買ってきて身に着けても駄目でした。愛撫の途中で中断された私は、

「じゃあ、これ見てて……」

と大股を広げてクリトリスをいじりオナニーを始めました。豆電球のかすかな光の中でも私の秘所は夫に丸見えで、夫はわずかに固くなったペニスを握り上下に擦り始めました。

（よしよし、そのまま固くなれ～～もっともっと大きくなぁれぇ～～）

私はクリちゃんをさすりながら祈るような気持ちでいたのですが……夫は突然、冷めた声で、

「俺、じきに五十歳だぜ……同僚たちも言ってたが、女房との性生活は一年に一回で

十分だって」

そう切り出してきたんです。

「い、一年に一回～～⁉」

思わず素っ頓狂な声をあげてしまったのですが、夫は更に冷たく、

「一人でやるのは自由だから。そのまま続けていいよ。俺、リビングで寝るから」

そう言って、枕を持ってサッサと寝室を出ていってしまいました。

(浮気してやるーーーーーーーー！)

そのとき、そう心に決めたのは、夫に腹を立てたからではなく、自分が心底可哀想に思えたからです。だって私はまだ三十六歳の女盛りなんですよ？　乳房を揉まれて吸われたい、秘所に指を入れられて悶えたい、子宮いっぱい男根で突かれたい……なのに、これはいったいなんの罰なのでしょうか？

これではまるで蛇の生殺し状態です。死ぬ、まではいかなくても、きっと私は病気になってしまうでしょう。だから夫の代わりに私を抱いてくれる人を探さなければならないんです！

「ママ！　ママってばー！」

娘の声でハッと我に返りました。

「あ、梨花、おかえり〜〜」

「ママ、最近よくボーッとしてるよね？　眠たいの？」

梨花は怪訝そうに私の顔を覗き込みながら言いました。

「そんなことはないけど……あ、おやつにシュークリーム買ってあるわよ、食べるでしょ？」

「わーい！」

「早く手を洗ってらっしゃい」

「うんっ」

梨花が学校から帰ると、しばし『母親業』に専念します。そうです、のべつまくなしにセックスのことばかり考えてるわけではありません。第一、浮気してやると（心の中で）叫んでみたところで、実際問題としてマッチング・アプリなどで出会いを求める気持ちにはなれないのです。とてもそんな勇気はありません。

「ママ〜〜、どうしよう！　漢字ドリル、学校に忘れてきちゃった！」

晩ごはんを食べ終わり、お風呂も済ませ部屋へ入っていった梨花が、血相を変えてキッチンに走ってきました。

「どうしよう～～、宿題出てるのにぃ～～～！」

「んもう～、だからいつも言っているじゃないの、学校から帰ったらすぐに宿題をやりなさいよ、って。そしたらもっと早く気づいたのに！」

「ごめんなさい……」

半泣きの梨花を責めたって仕方ありません。私は急いで身支度し、自転車の鍵を手にしました。

「学校行ってみる。この時間ならまだ誰か先生も残ってらっしゃるでしょう。もし、誰もいなかったら……雪絵ちゃんちでドリル借りてコピーさせてもらうわ。宿題は何ページなの？」

「んっとね、二十三ページと二十四ページ」

「オッケー！　行ってくるね」

「ママ、ごめんねー、気をつけてねー」

日はすでに暮れているので全速力で自転車を漕ぐわけにはいきません。小学校に到着するまでの七分間、どうか教室に入れますようにと、私は祈るような気持ちでペダルを漕ぎました。

すると、ラッキーなことに正面玄関の電灯がついています。先生方がまだいらっしゃるようです。私は一般入り口から入り、正面の職員室のドアをそお～っと開けました。

「あの～すいません、四年二組の黒沢なんですが……」

職員室はシーンとしていました、電灯はついているのに誰もいないのです。私は、まるで小さな子が親に隠れて悪いことでもするようにペロッと舌を出しながら梨花の教室に急ぎました。

家庭科室や理科室などの特別教室は、確か放課後は鍵がかかって入れないのですが、普通の教室は出入り可能です。娘の忘れ物をこんな時間に取りにくる母親の姿なんて恥さらしもいいとこで、出来れば先生方にお見せしたくありません。そそくさと忘れ物を教室から取ってきて即座に学校から立ち去りたいのです。

私は非常灯の明かりを頼りに二階に上がって行きました。梨花の教室は階段を上がってすぐ正面にあります。

「あっ」

梨花の教室は煌々と明かりがともっていました。

（どうしよう……）そう思ったとき、教室のドアがガラガラと開き、担任の染井先生が出てきました。

「先生、こ、こんにちは。あの……黒沢梨花の母です」

「ああ、どうも……えっと今日は？　なんでしょうか？」

染井先生はきょとんとして私の顔をマジマジと見ました。梨花が漢字ドリルを忘れて帰ってしまったこと、宿題をあと回しにしていたせいで夜になるまでそれに気がつかなかったこと……を私は正直に話しました。すると先生は、

「学校にドリル忘れたから宿題出来なかった〜とあっけらかんと言う子もいるのに、黒沢さんは感心感心」

そう言って明るく笑いながら、

「さぁどうぞどうぞ、入って下さい。黒沢さんの机はこちらですよ」

と私に手招きしてくれました。

その仕草に、なぜだか私はキュンとなりました。

体育会系の長身でガタイのいい染井先生はサッカー部の顧問でもあり、男子にも女子にも人気のある先生です。落ち着いて見えるけど実年齢はまだ二十六歳、教師歴四年目です。参観日の保護者参加率も学校内で一番良いクラスだそうで……理由は決まっています。染井先生見たさにお母さんたちは集うのです。

私も例に洩れずとお思いでしょうか？　いえいえ、最初にも申しましたが、私は昔

から一回り以上離れた年上の男性にしか恋愛感情が湧かず、年下の男性になど、まるで興味がありませんでした。染井先生に対してもそうです。男を感じたことなど一度もありませんでした、本当に。ついさっきまでは……今の今までは……。

「あった、漢字ドリル！　あらやだ、梨花ったら、コップ袋も置きっぱなしだわ」

机の奥に手を入れながら、私は平常心を保とうと殊更、母親ぶって言いました。すぐ横に立っている染井先生に私の胸のドキドキが聞こえてしまったらどうしよう……いや、今はそれを逆手にとるべき、かしら……？

「うう――……」

「ど、どうされましたか？」

梨花の机に突っ伏した私に、先生が心配そうに声をかけてきました。

「す……すいません……ここまで大慌てで来たので、急にこのあたりが苦しくなってきて……」

「心臓ですか⁉」

「このあたり……です」

大胆にも私は先生の腕を摑み、私の左胸まで引き寄せました。

「えっ、あっ……お母さん⁉」

先生は一瞬たじろぎながらも、私の胸に重ねた手を退けようとはしませんでした。

「ね? 心音がすごく速いでしょう? んん……アア……」

左の乳房に先生の熱い手のひらを感じます。次第にその手のひらは乳房を抱え込み、ゆっくりと揉み始めました。

言い方悪いけど、(しめた!)と思いました。

「あの……灯りを消してください」

そうお願いすると、先生はスクッと長い手(胸を触っていないほうの……)を伸ばして壁の照明スイッチをパチンと押しました。梨花の席が廊下側の壁際でよかった、と思いました。

教室が真っ暗になると途端に先生は荒々しい息づかいになり、梨花の椅子に腰かけながら、

「俺の上に乗って」

と、私に向かって言いました。

暗闇で、シャシャッと衣服を脱ぐ音……どうやら先生はジャージと下着を一気に下ろしたようです。私もガウチョパンツとパンティを一度に脱ぎ捨て、下半身すっぽんぽんになって、腰かけている先生にまたがりました。

先生のペニスはすでにギンギンに勃起していました。さすが二十六歳！　若いです！　固いです！　デカいです！

「だぁめ。まだ濡れてないから簡単には入らない」

先生の頭の後ろに両手を回し、体を密着させながら耳元で囁き、耳朶を嚙み、舌を這わせて先生の首筋、頰、あご……そして唇に到達しました。

「チュウ～～～～」

「ンン～～～～～！」

ぐっちょりと唾液がからむ濃厚なキス。

「次は、ここを吸って！」

カットソーをまくし上げ、ブラジャーのカップから乳をすくい出し、左右の乳首をだらしなく開いた先生の口に含ませてあげました。

「チユゥゥゥゥゥ～～～」

「あああぁ～～～～んんん～～～～」

チョロチョロと器用に動く先生の舌が、あっという間に乳首を固くしました。

徐々に秘密の花弁が開いていくのがわかります。

私はクリトリスを先生の股間部に押しつけながら、腰を前後に動かし、ペニスの裏筋を擦りました。

「おお～～うっおうっおうっ……！」

裏筋はどうやら先生の性感帯のようで、ペニスはもうはちきれんばかりに膨らんでいます。クリトリスに触れる感触でそれを感じ取りました。

私は腰を浮かしペニスの先端に花弁を押し当て、素早く挿入しました。

「おぐぐぅうっ……！」

「ああ……アン、アン……」

ゆーっくりと腰を前後に動かして、ペニスを私の一番奥に導きます。

くにょ……くにょ……くにょ……卑猥な密着音が聞こえ、興奮は更に高まっていきます。

「んんっ、あああっっ、いい、そこ、いい～～」

亀頭が私のGスポットを直撃している……私は我を忘れて腰を振りまくりました。

同じように先生も腰を突き上げてきます。あとは、快楽のるつぼに墜ちていくだけ……………！

「ん～～、いい～～、そこ、そこ……」

喘ぎながら、私はもう一度乳首を先生の口へ運びました。先生に吸わせたり、両方の乳房で先生の頬をなでなでしてあげたり………。

そして密着部分に先生の指を滑り込ませてみました。

「ほら、私のクリちゃんもこんなに固いわ」

先生はその先端を中指の腹で擦り始めました。

「ン～～～～～～～アッ～～～！　もっといじってぇ～～！」

のけ反った背中に机が当たり「痛いっ」、思わず力が入るとアソコも同時にキュッと締まりました。

「おおおおおおお～～～～」

先生は歓喜の声をあげ、小刻みに腰を突いてきます。

どう？　若い女のセックスとは違うでしょ？　イヤらしいでしょ？　今夜思い出して、これをオカズにして、もう一回自慰行為に励んでくださいね。

「あああ、も、もう……我慢でき……ない……」

「中でイッて下さい。今日は安全日なので」

大人の女はなんでもストレートにものを言う、そんなところも面倒くさくなくていいでしょう？

次第に激しいピストン運動が始まりました。児童用の小さな椅子がカタカタし、パツンパツンと陰部が弾け合う音が暗い教室に響き渡ります。

「あ、い、いく……イクゥゥゥゥゥゥ～～～～～～！」

「せ、せんせい、私もイキますぅぅ……ぅぅぅ～～～」

一緒に昇天したあと、私は息も絶え絶え、腰はガクガク……セックスは三ヶ月ぶりとはいえ、こんなに激しく膣内を太いペニスで擦られたのは、本当に久しぶりだからです。

（夫のおチン〇ンは四十代になってから徐々にサイズダウンを繰り返しているように思います）

そぉ～っと体を離すと先生は、

「ちょっとそのままお待ちください」

と、小走りして自分の机の上からボックスティッシュと布巾を持ってきました。

「ありがとうございます……」

私は二、三枚ティッシュを抜いてお股を拭きました。先生はフルチンのまま、汚れた床を布巾で拭き始めました。

まるで牛乳を床にこぼして、それを大慌てで拭いさるように見えて、私は少し可笑しくなりました。

「あの……先生……私、他の先生に見つからないよう裏玄関から帰ったほうがいいでしょうか？」

「月に一回か二回、当直当番がありまして、最後まで残って鍵をかけて帰るんです。今日は私がその当番なので、他の先生はどなたもいらっしゃいません」

「ああ、そうだったんですね、安心しました。それではそろそろ帰ります」

ペコッと頭を下げると、

「次の当番日は……来月の第一週の火曜日です」

先生は床から顔を上げずに、そう言いました。

「わかりました。ではまたその時にお伺いします。失礼いたします」

私はそう言って、一保護者の顔になり、梨花の忘れ物をしっかり胸に抱えて教室を後にしました。

「お気をつけてお帰り下さい」

先生も、もう教師の声に戻っていましたが、私は次に会えることを想像しただけで、またもやジワ～ンと膣が潤ってくるのでした。

■彼が私の黒々と生い茂った恥毛を掻き分けて、アソコを深々と舐め吸ってきて……

乱暴に豹変したお客の体の下で弾け悶える田舎妻の欲望

投稿者　平美紀（仮名）／29歳／青森県

私は本州の最北端、青森県のむつ市に住んでいる。

駅を降りるとすぐに大通りがあり（といっても、昼間でもほとんど人通りがなく閑散としているけれど）、その通り沿いに居酒屋兼食堂を構えて夫と二人で切り盛りしている。背脂を利かせた濃厚スープが自慢のラーメンと、地元の有名B級グルメである、牛ばら肉と玉ねぎを特製の甘辛いタレで炒めたばら焼きはとても評判がよく、おかげさままあまあ繁盛している。また、近くに全国区でかなり有名な女性霊能者の方の家があるということで、全国から彼女の元にやってくる相談者や、マスコミの取材の人などもうちの店を贔屓にしてくれて、そのクチコミを聞いて意外と県外から食べにやってきてくれるお客さんが多いのもありがたい限りだ。

ただ、ときにはそんな中、こんな来訪者があったりするのだけど……。

その日、夫は留守だった。

以前から体調を崩していた夫の従兄が三十一歳という若さで亡くなり、幼いころから仲の良かった夫は、お通夜から翌日の葬儀まで親族として出席することになったのだ。私も行きたかったのだけど、その日は滅多にないことだけど、以前から予約のお客さんが二組も入っていて、お店を開けざるを得なかったのだ。私一人ではさすがに普通にお店の切り盛りは厳しいので、その予約の二組が来る夕方六時から十時までの限定四時間だけお店を開け、営業することになった。

やってきた二組のうち、一組は地元の建設業者の四人組でまあまあの馴染客。もう一組は例の女性霊能者に霊視してもらいに大阪からやってきたという年配のご夫婦だった。なんでも、今現在の不幸の原因が祖先の因果にあることが判明し、その解決策を伝授してもらったということでとてもスッキリとし、満足そうにうちの料理に舌鼓を打ってくれている姿が印象的だった。

そんな中、九時半頃にふらりと一人の男性客が入ってきた。この辺には珍しく、きちんとスーツを着た、なかなかイケメンな私と同年代ふうの人だった。もうあと三十分ほどで閉店であることを告げたのだが、

「いや、ここのばら焼きがとても美味しいと聞いたもので……なんとか食べさせてもらえませんか？」

彼はそう言い、なんだかちょっと捨てられた子犬を思わせる、すがるような視線を向けてきて、正直私はドキッと胸を高鳴らせてしまった。けっこう好みのタイプだったのだ……。

聞くと、ここへは出張でやってきていて、明日一番の飛行機で東京へ戻らなければいけないのだという。でも、その前にどうしてもうちの料理を食べたいと。

そこまで言われたら、さすがに私だって追い返すわけにはいかない。

じゃあ、ばら焼きだけ、と答え、普通よりもお肉も玉ねぎも多い大サービス・バージョンを作り、ビールと一緒に彼に提供したのだ。

「うん！　うまい、うまい！　ほんと、このばら焼き、最高に美味しいですよ！　あぁ、やっぱり来てよかったなあ……ほんと、ありがとうございます」

盛んにそう言いながら、料理をぱくつく彼の姿が本当に可愛く嬉しく思えて、私は思わず胸の奥がますますキュンキュンしてしまった。

そうこうするうち、

「ごちそうさーん！」

「とても美味かったよ、ごっつぉーさん！」

二組のお客が次々と帰っていった。

「どうもありがとうございましたー！」

私は店先に立って、頭を下げてそれぞれを見送った。すると、例の彼は、

「あ、すみません、もう閉店なんですよね！　さっさと食べて僕も帰りますから、ちょっと待ってくださいね！」

そう言って、箸を口に運ぶペースをがぜん速めた。

私はそれを制して、少しくらい閉店時間を過ぎても大丈夫だからと、もっとゆっくり味わって食べてくださいねと彼に伝えた。

「あ、ありがとうございます！」

彼のお礼の言葉に微笑みで返しながら、かと言ってもう新規のお客さんを受け入れるわけにはいかないので、私はそそくさと店の玄関に〝準備中〟の札をかけた。

そして、

「本当にゆっくり食べてもらっていいですから、ね？」

と彼に声をかけて、二組の客が食べたあとの食器を下げ、洗い場で作業を始めた。

でもそこで、彼がこう言った。

「あの、よかったら、ちょっと一緒に飲みませんか？　なんだかその……奥さんとちょっと話がしたくなって」

私の心臓はトクンと鼓動し、若干うろたえてしまった。

もちろん、今までもいろんな酔客たちに、さんざん似たような言葉を投げられ、中にはセクハラまがいに強引にからまれたことも数えきれないほどあったのだが、いつも夫が一緒にいたということもあるし、何よりどれも〝酔っ払いの戯れ言〟と斬って捨てられるほどのレベル……まったく気にならなかったのだが……。

彼のこの誘いの一言は、どうしようもなく私の心を、いや、もっとぶっちゃけて言ってしまうと、私の中の女の部分を揺さぶってきたのだ。

「その……こんな美味しい料理を作ってくれる女性って、どんな人なんだろうなって、ちょっと気になっちゃって。あの……迷惑ですか？」

そんな、普通なかなか言えないセリフを口にしながら、例の、子犬のような目が私を見つめてくる。

ヤ、ヤバイ……私、なに浮足立ってるの？

いくらちょっと好みのタイプとはいえ、私は夫のいるれっきとした人妻なのよ？なのに、こんなに胸をドキドキさせちゃって……！

私は五年前に幼なじみの夫と結婚してから、もちろん浮気など一度もしたことがなかった。夫は見た目不愛想でごつくて、ちょっと熊みたいだけど、気持ちは本当にやさしい人で……正直、好みのタイプからは程遠いのだけど、理想の夫だと思っているから。これまでそんな彼を裏切ろうと思ったことなど露ほどもないのだ。

でもそれは、今まで運がよかっただけなのかもしれない。夫を裏切ろうと思うほどのレベルの〝好みのタイプ〟に出会ったことがなかっただけ……目の前の彼の整った顔立ちと、スマートに洗練されたスーツの着こなし……そして最強のチャームポイントである、あの母性本能をくすぐるような瞳を窺いながら、私は自分の頭の中が、なんだかトロトロにワケわかんなく崩れていくのを感じていた。

「え……あ、じゃあ、ちょっとだけなら……」

私は彼の誘いに応えて、テーブルの前の席に腰を下ろしてしまっていた。

「あ、グラス……」

慌てて席を立って自分用のグラスを取りに行こうとしたのだけど、彼に制され、彼が飲んだグラスをそのまま渡されてしまった。

「え、あ、あの……」

「いいから、いいから」

とまどう私を尻目に彼はそのグラスにビールを注ぎ、

「さあ、ぐっと」

と私を促し、私もついついそのまま中身を呷ってしまった。

「うん、いい飲みっぷり」

目の前の彼の笑顔はとっても魅力的で、それから次々と注がれるビールを飲み干しながら、私は体も心も酔いしれていってしまった。

彼はそうやって、いろんなことを私に聞いてきたのだが、もう途中から自分でも何を話しているのかわからなくなってきて……気がつくと、いつの間にか彼が私のすぐ隣りの席に座っていた。

あれ、さっきまでテーブルの対面にいたのに……？

回らない思考の中、ふと気づくと、彼の口は閉ざされ、質問は途切れていた。

と、彼の顔がぐっと眼前に迫り、次の瞬間、キスされていた。

いきなり唇を強く吸われ、強引に差し入れられた舌に口内中を舐め回され、隅から隅まで、淫らに濃厚に蹂躙された。

「あふ、ふぅ、んはっ……はぁ……」

頭の中が灼けついて真っ白になって、体中の血が沸騰してしまったかのように、全身が熱く火照ってくる。

そうされながら薄く目を開けて見ると、眼前には彼のイケメンがあって、ますます私のときめきテンションは上がってしまう。

ああ、たまらない、あたし、おかしくなっちゃいそう……！

彼の手が私の服をむしり取ってくる。

エプロンが剝ぎ取られ、頭からトレーナーを抜き脱がされる。その下のシャツのボタンに手がかけられ、弾け飛ばんばかりの勢いで前をはだけられ、ブラに包まれた乳房の膨らみが現れた。

Hカップあるその大きさに、彼が生唾を吞み込むのがわかった。

「やっぱり、雪国の女の肌は白くていいなあ……しかも、こんなにでかくて柔らかいなんて、ああ、たまんねーぜ！」

さっきまでの、ソフトで丁寧な彼の口調が豹変していた。

完全に輩《やから》の言いぐさだ。

でも、不思議と私の中に嫌悪感はなかった。

いや、むしろ余計に昂ぶってしまったみたいだ。

彼に強引にブラを剝ぎ取られ、露わになった乳房を荒々しく揉みしだかれながら、

「おお、すげえ、まるでつきたての餅みてぇだ！」

そう言われ、ゾクゾクとした感覚が全身を走り抜け、続いて吸いついてきた唇に乳

首をしゃぶられ、強く吸引されて、背をのけ反らせて感じ悶えてしまう。

「はぁっ、ああん、あひぃぃっ！」

見ると、私の乳輪のまわりだけ、乳房の白い肌が赤く色づいて、自分で見てもたまらなくセクシーに思えてしまう。

「さあ、それじゃあそろそろ、本番といこうか。いかにも純朴そうな顔して、本当はずっとこうして犯されたかったんだろ？　お望みどおりにハメ倒してやるよ！」

ますます調子づく彼の輩口調が、ビリビリと私の子宮を震わせてくる。

彼はテーブルの上のものを手で薙ぎ払い、ビール瓶やグラス、調味料入れ、箸立てや皿などが音をたてながら、次々とコンクリートの床に落下していく。そして、きれいに何もなくなったテーブルの上に私は体を横たえられた。

それを見下ろしながら彼もスーツの上着を脱ぎ、ネクタイを外した。Yシャツの前だけがはだけられ、細マッチョに引き締まった肉体が覗く。ベルトが緩められ、膝上あたりのところまでズボンと下着が引き下げられた。

アレが……ペニスが現れた。凶暴なまでに勃起して、お腹につかんばかりに大きく反り返って、その溢れんばかりのエネルギーを発散させていた。

彼の手が私のジーンズにかかり、パンティごと一気に引き下ろされた。そして、剝き出しになった股間を見ながら彼が言う。

「うわっ、ぼーぼーじゃねーか！　なんだ、田舎の女はここの毛のお手入れはしねぇのか？　まったくだらしねぇなあ！　ま、体面ばっかり気にしてる都会の女に比べると、そこがいいんだけどな」

私は赤面するが、同時にむちゃくちゃ興奮してしまう。

彼が私の黒々と生い茂った恥毛を掻き分けて、アソコを舐め吸ってきて、もう感じまくって、とんでもなく濡れ溢れてきて……。

「あん、はぁ、は、は、ああっ……」

「ははあ、いいねぇ、もうグチョグチョのドロドロだ。さあ、この蕩けまくったマ〇コに、チ〇ポ入れるよ？　んっ……くう！」

「はぁ……きて、チ〇ポ、入れてぇっ……！」

私ももう恥も外聞もかなぐり捨てて、そう言っておねだりしてた。

そして、待ちに待った極太のペニスが入ってきた。

ヌブ、ズブ、グブブ、ジュブッ……とてつもなくいやらしい音をたてながら、私の肉割れが彼の肉棒を吞み込んでいく。そして、いったん奥まで届いた肉棒が前後に抜き差し運動を始め、それが徐々に大きく、速く、激しくなっていって。

「あああっ、あん……いいっ、いいのっ、ああ～～～っ！」

「はぁ、はぁ、はぁっ……くうぅっ……」

さして大きくないテーブルの上で、今にも転げ落ちんばかりに激しくまぐわった私たちは、それから五分としないうちに一度目のクライマックスを迎え、その後、店の裏手にある仮眠用のソファに場所を移して、今度はもう少し落ち着いて二度目の行為に及び、そして、一度目以上の深い快感に悶えまくった。

彼は、手荒くセックスしてしまったことを詫びながら帰っていったが、私はむしろ、その通常とは違う興奮と快感にいたく満足できたことを喜んでいた。

そのくらい、この田舎には刺激がないのだ。

今日も、何かを待ち求めている私がいる。

第三章

歪んだ快楽に溺れ蕩ける田舎妻

■彼女たちは二人して私の左右の乳房に顔を寄せ、乳首を口に含み、愛戯し始め……

閑静な集落を淫らに震わす女同士の快感のむせび泣き

投稿者 高井まな（仮名）／30歳／京都府

私は京都市街から地下鉄に乗ってその終点まで行き、そこからさらにバスで山奥へと登っていった先にある、小さな集落に暮らしている主婦です。住んでいる地域自体は商店なんかもあまりなく（あ、でもつい去年、ようやく町で初めてのコンビニエンスストアができて、皆大騒ぎだったんですよ！）、暮らすにはお世辞にも便利なところとは言えないのですけど、わりと近くに二つも大学があって、そのせいかこんな土地柄にしてはけっこうたくさんの若い人がいるのです。

今回のお話も、そんな環境の中で起こった、今思い出すだけでも体の奥底から熱いものが沸き立ってくるような、そんな体験です。

私はその日、主人を勤めに、一人娘を小学校に送り出し、ようやく洗濯をはじめとする家事に取り組もうとし始めていました。

朝の九時半頃だったでしょうか、玄関のチャイムが鳴りました。

こんな慌ただしい時間に誰だろう？　と私は洗濯作業の手を止めて、玄関へと向かいました。すると、玄関ドアの覗き穴から窺った相手は、二人組の若い女性でした。どう見ても大学生くらいにしか見えず、状況としては場違い感この上ない訪問者だといえるでしょう。

ただ、一人は美人系でおしゃれな、もう一人は可愛らしくて清楚なかんじの彼女たちは、およそいかがわしい相手とは思えず、私は警戒心を解き、ドアを開けて二人に向き合っていました。

「おはようございまーす！　こんな早い時間からすみません」

「あ、はい、おはようさん。で、どんな御用で？」

私が問うと、案の定近くの○○大学の学生さんだという二人は、この訪問の目的について、話し始めました。

「あの、実は私たち、大学のサークルで地元地域の暮らしのさまざまな様態について研究してまして……その活動の一環として、主婦を中心とした女性の本音の声を聞かせてもらおうと、アンケート調査に回っているんです。よろしければ、ちょっとお話を伺わせていただければと……」

私はもちろん、家事作業の途中だったこともあり、申し訳ないけど取り込み中だからと、断ろうとしました。

でも、美人系のほうの彼女が、

「いえ、ほんと、そんなにお時間はとらせませんから。ほんの五分！　五分いただければ済みますんで。それにささやかではありますけど、謝礼に五百円分のク○カードも用意してるんです。ね、ダメでしょうか？」

彼女の熱心な口調と、あとぶっちゃけ、ク○カードにもつられて、

「う〜ん……ほんとに五分で済むの？　やったら聞いてあげてもいいけど……」

と、私は答えていました。

「ありがとうございます！　それじゃあ早速……」

二人はもう私に断りを入れることもなく、靴を脱いで室内に上がり込んできました。内心、五分で済むんなら玄関口での立ち話でいいかと思っていた私は、ちょっと焦りましたが、いいと言ってしまった以上、止めだてすることもできず、仕方なく彼女たちをリビングへと通したんです。

一応お茶も出してあげて、話が始まりました。

美人系のほうは綾香さんといって理数学部の二回生、清楚系のほうは雅美さんといって外国語学部の一回生だと、それぞれ自己紹介しました。うちの大学って山の傾斜

に沿って校舎が建てられてるから、講義が変わるたびにあちこち移動しなきゃいけなくて、もう毎日登山してるみたいなもので大変なんですよー、みたいなさわりの話のあと、アンケート・インタビューが始まりました。

最初はまず、私の年齢など簡単なプロフィール、家族構成、地域のご近所づきあいといった、ごく普通の聞き取りから始まったのですが、さらに進むうちに、なんだかおかしな方向性に話が変わっていきました。

「ご主人との性生活の頻度は？」

「……はあ？」

「ですから、ご主人とのセックスは、週に……いえ、月にでもいいですけど、何回くらいかとお尋ねしてるんです」

「ちょっ……なんでそんなことまで答えんならんの？　失礼ちがう？」

私がさすがに少し憤慨してみせると、清楚系の雅美さんのほうが、不躾な質問でごめんなさい、と言いながらも、

「でもこれ、地域住民の幸福度を計るにあたっても、とっても重要なことなので……できればお答えいただきたいんです。お願いします！」

と食い下がってきたので、私は渋々答えてあげました。

「う～ん、そうね、今は……二ヶ月に一回、あるかないかくらいかな……」

ここでたとえば月に三回くらいとか、ウソでもいいから無難（？）な答えをしておけばよかったのかもしれませんが、私はついつい、本当のことを答えてしまっていました。実はここ最近、夫がめっきりセックスレス状態なことに内心不満を覚えていたこともあって、それをぶちまけてしまったかんじでしょうか。

「ええっ、奥さん、まだ若いのに、それって少なすぎませんか？　ご主人も同じ歳っておっしゃってましたよね？」

「うん、少ない、少ない！　ちょっとあり得ないですよね－」

雅美さんの反応に乗っかるような形で、綾香さんもはやし立てるようなかんじで……私は激しい羞恥心を覚えるとともに、なんだか急に悲しくなってしまいました。

「な、何よ、そんなにまで言わなくたって……うちかてもっとしてほしいけど、疲れてるって言うんやから、しょうがないやないの！」

思わずそんなふうに感情的になって、涙ぐんでしまいました。

すると、綾香さんと雅美さんは、おもむろに親身な口調になって、

「ああ、なんてかわいそうなんでしょう……こんなの絶対不幸だわ！　奥さんはもっと幸せになるべきです！　私たち、奥さんを幸せにしてあげたいんです」

と言うと、二人して私に近づき、体に手を触れて寄り添ってきました。

「そう、所詮、男は敵なんですよ。いつだって自分の勝手な気分次第で私たち女を振り回し、不幸にして……そんな奴らから、女は皆、解放されて自由になるべきなんです！　そして、男なんかあてにしないで、女同士だけで幸せになればいいんです！」

何かに憑かれたように妙に熱っぽくしゃべる二人に、私はなんだか違和感を覚えながらも、一方でその親身な雰囲気が嬉しくて、涙ながらにうん、うんと大きくうなずいていました。

この状況、今なら何だったのかわかります。

洗脳です。

私は自分の弱みをさらけ出さされ、それをとことんやり玉に挙げられ、返す刀で熱心に同情されることで心を翻弄され、完全に彼女たちの術中にはまり、何を言われても受け入れざるを得ない状態に陥ってしまっていたのです。

「さあ、女同士だけでの幸せを味わいましょう？　大丈夫、怖くないから……奥さんは私たちの言うとおりにしてるだけでいいの。ご主人なんて……いえ、男なんてどうでもよくなる境地に連れていってあげるから」

そう言って私の顔を上げさせると、綾香さんが唇にキスをしてきました。しばらくついばむように軽くなぶったあと、ニュルリと舌先が口中に入り込んできました。そして、歯茎から口蓋に至るまで内部をレロレロと舐め回したあと、私の舌をとらえると、妖しくからみつき、舐め回しながら、ジュルジュルジュルと盛大に音をたてながら唾液を啜り上げてきたんです。

「んんんっ、んぐぅ……んはっ、はぁ、ああふぅ……」

私はその濃密な息苦しさに喘ぎながらも、次から次へと襲いかかってくるえも言われぬ快感に悶え、蕩け始めていました。

「ああ、奥さん、色白できめ細やかで、とってもきれいな肌……すてきだわ……」

一方で雅美さんが私のシャツのボタンを外し、服を脱がしながら、徐々に露出していく素肌に唇を、舌を這わせてきました。肌に少しひんやりとする空気を感じつつも、同時に彼女の舌先の、吐息の熱さを感じて、私はなんだかたまらない気分になってしまいました。

そうこうするうちに、上半身を脱がされ、流れるような手際のよさでブラも外されてしまいました。

「わあ、とっても形のいい、きれいなオッパイ！　乳首も全然黒ずんでなくてほのかなピンク色で……ねえ、二人でいただいちゃいましょう？」

綾香さんがそう言うと、雅美さんも妖しく微笑んでうなずくと、二人して私の左右の乳房に顔を寄せ、乳首を口に含み、愛戯し始めました。

まず舌先で先端をつつくようにして軽く刺激したあと、それをウネウネとうごめかせて乳頭にからめ、滴る唾液をネットリとまぶしながら舐め回し、その合間、合間にニュップリと乳首全体を咥え込んでジュルル～ッと吸い上げてきて……そんな片方だけでもたまらない責めを、左右同時に、時には互い違いに繰り出してくるものだから、私はその魅惑の責めにひたすら悶え喘ぐしかありませんでした。そして、男の分厚くぞんざいな舌の、唇の感触と比べて、女のそれのなんと繊細で柔かいことかを実感し、ますます彼女たちの手練手管にからめとられていってしまったんです。

「さあ、雅美、私たちも脱ぎましょ。ほら、奥さんの下半身も自由にしてあげて」

「ええ、綾香さん、わかったわ」

彼女たち二人は連携もスムーズに、気がつくとリビングのカーペットの上で、私たち三人は全裸でからみ合う格好になっていました。

綾香さんは、しゅっとした美人系の第一印象どおりにスレンダーでスタイルのいい裸身でしたが、意外だったのは雅美さんのほうです。

小柄で少女のような外見とは裏腹に、そのバストの豊満さといったら……優にＩカップはあるのではないでしょうか？　私や綾香さんと比べると、まさに大人と子供くらいの差があり、私はなんだか思わず生唾を飲んでしまいました。

「ね、雅美さんのカラダ、凄いでしょう？　こういうの世間では〝爆乳〟っていうのよね。ほんと、うらやましいわ」

「いいえ〜、こう見えて大変なんですよ〜！　ブラや服選びは大変だし、肩は凝るし、あと、視姦っていうんですか？　しょっちゅう男の人たちからすっごい見られて、もう気持ち悪くって……綾香さんや奥さんみたいに、ほどほどの大きさで形のいいほうがうらやましいです〜」

「まあ、ほどほどって……ひょっとしてけなされてる？（笑）」

綾香さんと雅美さんの、そんな軽口めいたやりとりも、なんだか無性に心地よくて、あらためて二人してのしかかられたとき、私は言いようのない陶酔感にますます溺れていくようでした。

「じゃあ、私、奥さんの一番大事なところ、味わわせていただきますね」

綾香さんはそう言うと、体を私の足のほうにずらし下げていきながら、舌をみぞおち、おへそ、下腹……と這わせ下ろし、とうとう熱い中心部をとらえました。そして指でさらに左右に押し広げるようにして、

「ああっ、突起が真っ赤になってツンツンに立ってて……肉びらもおつゆをいっぱいに出して蕩けきって！　なんて美味しそうなの！　た、たまらないわ！　いっただっきまーす！」

と言いながら、グチュリと口全体を押しつけ、私が分泌した愛液をジュルジュルとあられもない音をたてながら、激しく啜り上げてきました。

「ああっ、はあっ、ひあっ、あああぁ～～～～っ……」

たまらず、大声で恥も外聞もなく喘いでしまいます。

「ああ、奥さん、もっと……もっといっぱい感じてください！」

その様子を食い入るように見ていた雅美さんでしたが、やにわに体を覆いかぶせてくると、例の爆乳を私の胸に密着させ、乳房と乳首を押しつぶし、こね回すようにして愛撫してきました。

「あん、ああ、はぁっ、はあぁぁぁ～～～～っ！」

私は上下から注ぎ込まれる快感の奔流に責めたてられ、翻弄され……もう頭の中がどうにかなって、気も狂わんばかりでした。

「ふ～っ、私のほうももう我慢できなくなってきちゃった。ねえ、今度は三人でつながりましょう？　お互いの蜜を味わい合うの！」

綾香さんの号令で、私たちは輪を形作るようになり、私が雅美さんのアソコを、雅美さんは綾香さんのアソコを、そして引き続き綾香さんが私のアソコを、それぞれ口で愛する体勢になりました。

もちろん、私は女の人のアソコを舐めるなんて生まれて初めての経験です。最初はちょっと抵抗がありましたが、綾香さんからの責めに煽りたてられるようなかんじで雅美さんの性器を味わい始めると、すぐにその行為に夢中になって、気がつくと、雅美さんがエビ反るようにして快感を叫ぶようになるほど、激しい勢いでむさぼりたてしまっていました。

「ああっ、奥さん……すごい～～～、か、感じちゃう～～……はぁっ、はぁ、はあ、ああんん～～～～っ！」

そして気を取り直したように綾香さんのアソコにむしゃぶりつくと、凄まじい勢いでしゃぶり回して！

「はうぅ、んはっ、ああっ！　綾香さん、いいっ！　とっても気持ちいいわあっ！」

と、綾香さんも悶えよがって……つながった三人がめいめいに快感にむせび泣く、まさに官能のトライアングルの完成でした。

「はぁっ、ああ、ああん、あっ、あっ、あっ……」

「ひああん、うふう、んんんっ……」

「あん、あん、あん、ああああっ……あうぅ！」

その間、私いったい、何度イッてしまったことでしょう。

三回？　五回？

それはもう数えきれないほどのオーガズムに、私は文字どおり、淫らにのたうち回ったのでした。

綾香さんも雅美さんも、一、二回ではすまないほど、達したと思います。

でも最後に、今度はお互いにくんずほぐれつグチャグチャにからみ合って、口で、指で、さらには綾香さんが用意してきたバイブレーターまで使って、私たち三人、延々と愛し乱れ合い、最後の、そして最大のエクスタシーを思う存分、味わい尽くしたのでした。

その後わかったのですが、彼女たちのサークルというのは実は、唯一女性神を信奉する、女性のみの新興宗教団体でした。女性のすばらしさを、女性の尊さを追求し、最終目標として女性のみの幸せに満ちた国を設立するという……いわば、彼女たちが私にしたことは、その信者を集めるための布教活動だったというわけです。

残念ながら、私はそこまで男性を嫌悪する気もなかったもので、入信することにはならず、彼女たちをがっかりさせてしまいましたが、一方で、このとき味わわされた女同士のセックスのよさというものは忘れ難く、今思い出しても、体の奥底のほうが疼き、思わずオナニーしてしまうくらいなんです。

ああ、宗教抜きでよかったら、いくらでも彼女たちとお付き合いしたいぐらいなのに……世の中、うまくいかないものですね。

■歩は愛液で溢れまくった私の秘穴にスティックにんじんを押し入れてきて……

身をもって官能迫力を追求する私は好色レディコミ作家

投稿者　宮内愛子（仮名）／35歳／広島県

生まれも育ちも広島県の私。

夫の修治は高校の同級生だし、実家の自営業を手伝う仕事がら、当然転勤なんてのもない、つまりは生まれてからこのかた、一度たりとも広島から出たことがない（修学旅行とハネムーン以外、旅行らしい旅行をしたこともない）。

「あーあ。こんなに地味で平凡な結婚生活を送るなんて想像もしとらんかったわ」

親友の美奈に会うと、つい愚痴が出る。

「なにが地味で平凡ねぇ。あんたはそこらへんの主婦と違って特殊な職業ついとるが。私なんて食品工場で一日足が棒になるほど立ちっぱなしで働いて、時給はたったの九百二十円！」

「時給に換算したら私の漫画のほうが割に合わんよ」

「お金のことじゃないよ、夢がない仕事じゃ言ようるんよ。しかも官能漫画とくればさぁ……ふふふふ」

そう言って、いきなり美奈は不敵な笑みを浮かべ、

「ああ、ごめん、急にあんたと修治の夜の営みを想像してしもうたわ。先月号に出てたあんたの漫画の変態プレイの場面……」

ファミレスのはじっこの席だけど、周りが気になり、私も美奈もひそひそ声に変わってしまう。

「あんなの本当にやっとるわけないじゃん。私の漫画はすべて架空よ、ベッドシーンも全部空想して描いとんの！」

「なぁんだ、そうじゃったんね」

「それにしたってそろそろネタ切れ、ワンパターンもいいところ。担当編集さんからも言われとるんじゃけどねぇ、はぁ～、エロビデオでも借りて研究しようかなぁ」

マジで切実な問題だった。

趣味で描いてた漫画を投稿したら、賞をもらってプロデビューに漕ぎつけた、それがちょうど十年前。最初の頃は三～四ヶ月に一作、雑誌に掲載されていたが、ここ数年はスマホとかで読まれる電子配信の描き下ろしの仕事が増え、毎月一作のペースで執筆している。一作分は二十ページ前後で、アシスタントを雇うほどでもないけれど、

締め切り前にはたびたび徹夜作業になる。土日には夫の修治に（時給七百円で）手伝ってもらうなんてこともある。

「ひぇ～、主人公の乳すげえな、勃起しそう」とか言いながら、消しゴムで鉛筆の下書き線を消している。なのに目の前にいる生身の女の私に対しては発情しない。結婚前は三日とあけずセックスしてたのに。今じゃ、お義理で月に一回あればいいほうだ。

ま、どうでもいいや。私もとうの昔に修治の体に飽きてる……。

などと思いながら今日もエロいシーンを描いていると、ポロ～ン……美奈からLINEが入った。

『こないだは奢ってくれてサンキュー。お礼に私の友人のアユミって子を派遣するわ。エロいセックス、変態プレイやりまくっとるコじゃから面白い話が聞けるよ。作品のネタのヒントになると思う！』

おお～、なんてありがたい！　持つべきものはやっぱ友だちね。

さっそくそのアユミさんとやらに家に来てもらうことになった。

折しも夫は中学時代の友人たちと一泊で宮島に釣りに出かけてる。ちょうどよかった、アユミさんには時間を気にせず居てもらえる。私は昼間のうちに缶ビールや缶チューハイ、おつまみ類なんかを買い込んで、お手製のカラアゲやフランクフルト、スティックサラダも用意し、テーブルに並べた。

「グラスに、氷に、箸に、取り皿に、お醤油、マヨネーズ……こんなもんでいいかな」

そこへ約束の時間、午後七時ぴったりにピンポンが鳴った。

はぁ～いと返事して玄関ドアを開けると、

「ちわ～～。美奈の友達の樋口で～す」

長身細身、あご髭を生やした男性が立っていて、

「え、え……？　あ、あの～～……」

私は思わずたじろいだ。

「奥さん、ワシのこと、聞いとらん？」

「あ……えっと、あの……アユミさんって子が来るって聞いてて……」

「ほうよ、じゃけワシがアユミじゃ。歩くと書いて、樋口歩（仮名）」

お、男だなんて聞いてないよ～～～？　だけど、今さら追い返すわけにもいかない。

こうなったら、ちゃっちゃとおもてなしして話も聞いて一時間くらいで帰ってもらおう。そう決めて、

「どうぞ、おあがりください」

とリビングルームへ招いた。

「ひょ〜、美味そうじゃの〜〜。なんかわりーね、気ぃ遣ぉてもろうて。でもワシ食欲満たすと、あっちの欲が薄まるんよ」

それはどういう意味かと訊ねようとしたとき、歩はいきなり私をカーペットの上に押し倒した。

「ちょ、ちょっと！」

Ｔシャツとブラジャーが一気にたくし上げられ、露わになった乳房を歩は両手で揉み始めた。

「やめて、なにするんね⁉」

「奥さん、エロいセックスしたいんじゃろうが」

歩はイヒヒと笑いながら乳首を吸った。なんとかしてこの男を跳ねのけたいと思うのに、すでに感じてしまっていて力が出ない。

チュバチュバチュパ……いやらしい音をわざと響かせて舐めたり、チュウ〜〜〜と吸ったり、歩の舌は器用に動く。私が抵抗しないことがわかると、

「ちょっと喉乾いた。これ飲んでええ？」

テーブルにあったグラスに氷を入れ缶チューハイを開け注ぐ。ゴクゴク飲みながらこちらに来ると、私の頭を持ち上げて唇を合わせた。

「ん、んぐぅ～～～」

ゴクン、ゴクンと歩の口から私の口へ、喉へと冷たい液体が流れ入ってくる。歩はその行為を三回続けた。さすがにむせ返り、私が眉根にシワを寄せると、

「お、その顔たまらん～！　ワシ、相手が嫌がることすんの　ほんま好きじゃけぇ」

そう言うと、歩はグラスの氷を一つパクンとほおばった。次はその氷が口移しされるのか……と思ったが、歩の唇は乳房の上を這いずり回り始めた。氷を舐め回した唇は冷たくて滑らかい。氷が乳首に触れる。

「ン……ン、ンゥ～～～」

思わずよがり声が漏れる。氷が這うあとに鳥肌が立つが、それも心地いい。歩の唇はゆっくり弧を描きながら徐々に腹のほうへ下がっていく。へその窪みで氷をもてあそびながら、カチャカチャ……せわしなくベルトを外し、歩はGパンとトランクスを脱ぎ捨て、私のガウチョパンツとパンティも一気に引き下ろした。

「うわ～、すげえ濡れとるのぉ～～！　こりゃ入れ甲斐があるわ」

歩はそそり立ったおちん○んを撫で撫でしながらテーブルの上のスティックサラダを皿ごと持ってくると、きゅうりをつまんで食べ始めた。

「美味いな～～、あ、ワシ、にんじん嫌いじゃけ、奥さん、食べて」

そう言うなり、歩は愛液で溢れた私の秘穴にスティックにんじんを押し入れた。

「あ、あうっ……」

固くて冷たい感触が膣内に広がっていく。

「まだ足らん？　ほんじゃもう一本」

小さい子がいたずらするように、歩は面白がって次から次へとスティックにんじんを穴に突き刺していき、それらの先っぽは子宮口に届いた。

「ンン……、ア、アアア……ッ」

「すげぇ～～！　オメッチョ汁溢れてくるぅ～～」

歩は興奮しながら、次にスティックセロリもその穴に挿し入れ、

「写メ、写メッ」

「いや、写真なんて撮らないで！」

「奥さんのスマホで撮るんならええじゃろ？」

私の返事も待たず、ソファの上の私のスマホを取りあげると、カシャッカシャッとカメラアプリで何度も写真を撮った。

「ほ～ら、見てみぃ」

私の大股開きの写真。黒々とした陰毛に囲まれた局部から五センチだけ突き出たス

ティックにんじんが十本。その鮮やかなオレンジ色、五本のセロリの緑色がまるで『けんざん』に生けられた花のように見えた。とてつもなく卑猥で淫靡な生け花……。

スティックにんじんの長さは二十センチくらいだから、つまりは十五センチは私の膣の中に入ったまんまなのだ……。

「はい、次は四つん這いね～」

言われるまま、ゆっくりと起きてその格好になる。あそこににんじんたちを突き刺したまんま……。

「も一つの穴しか開いてねぇなぁ」

「や、やめてよ、アナルでやる気⁉　やったことないんだから裂けちゃうよ」

「ワシのを入れるんじゃないわ」

スティックきゅうりに垂らしたマヨネーズを指にからめ、アナルの周りにそれを塗りたくり始めた。

「や、やめてぇ、くすぐったい」

「潤滑油がわりよ、こうすりゃ入るじゃろ」

歩の手にはフランクフルト……え、まさかそれを⁉

ズボズボボッ……と、秘孔の中へ入っていく。

「ウウウ～～、アアアア～～……ググ～～～」

「まだ二センチくらいしか入っとらんから。ちょっと力抜いてみぃ」

「や、やめて、こんなこと……」

「なんでや。奥さん、変態プレイがしたいんじゃぁなかったんかぁ？」

その言葉に、ハタと私は気が付いた。

そうだった、すべては私の作品のためなんだ、と……！

「わかったわ、力抜いてみる。あ、それと、写真撮っといて」

「了解～～～！」

カシャッカシャッ　その音を聞いて、膣が疼いた。

歩は私の顔の前にひざまずいて、おちん○んで私の顔を叩いた。パクンッと咥えてあげると、

「ウ、ウォォォォ～～」

歩が初めて雄たけびをあげた。

ぺちょぺちょといやらしい音をわざとさせて竿を舐めると、

「もっと美味しくしてやるよ」

そう言って、桃の缶チューハイのプルトップを開け、ジョバジョバと自分のペニス

に垂らし始めた。

「美味しい～！　チュパチュパ……甘い～チュパチュパ……」

「ウォ～～～、オッオッ……」

「チュパチュパチュパ……」

「アウッウッ……！」

私はあそこににんじんを、アナルにフランクフルトを突っ込まれたまま、子宮をひくつかせながら、腰を振りまくって歩の桃味の竿を舐め続け……、

「オオ……イクで……だ、出すでぇ……」

（私もイクゥ～～～～！）

「ぐあああああ～～～～～～～！」

（イク、イク、イクゥ～～～～～～～！）

はぁはぁはぁはぁ……私たちは同時に果てた。

終わったあと、歩は意外にも紳士的で、私のアナルと股間から丁寧にフランクフルトやにんじんを抜き、チューハイ垂らして濡れたラグを布巾で拭いている。

「ねぇ……今度は歩のを、ここに入れてよ」

と、言いかけて口をつぐむ。

普通のセックスじゃだめ！　漫画作品のために、もっともっと変態プレイで攻めてもらわなくっちゃ！

「お腹すいたじゃろ？　カラアゲ、あっため直すから待ってて」

「お、サンキュー！」

ふふ、せいぜい今のうちに体力つけといてねー。

今夜は朝まで眠らせないんだから……！

■舅のペニスは力強く勃起し、その硬さと熱さで、私の太腿のあたりを圧迫して……

旧家の奥座敷の暗がりで繰り広げられる舅との禁断性愛

投稿者 有田香苗（仮名）／28歳／徳島県

三年前に結婚して、主人の家に嫁いできました。百坪ある広い家に、義理の両親と私たち夫婦の四人暮らしです。

主人の家は代々続く旧家でその家も古く、もちろんいい木材を使い一流の大工の手で造られているのでしょうが、とにかく仕様が古くて、比較的都会育ちの私にとっては、掃除をするにも手入れをするにも、それはもう一苦労です。しかも、造りが入り組んでいて、昼間でも暗いところがたくさんあります。

そんな家に住む私たちですが、三十五歳の主人は、家業である創業百年を優に超える海産物加工会社の四代目社長を務めていて、毎日車で四十分かけて市内にある社屋に通っています。

六十二歳の姑は、いわば地域の主婦たちの顔役的存在で、毎日さまざまな集まりや催し物に参加するために、あちこち飛び回っていて、そのバイタリティには感服するばかりです。

というふうに、主人と姑は平日の昼間はほぼ家にいないのが普通で、必然的に、普段家にいるのは専業主婦の私と、隠居の身の六十七歳の舅の二人だけということになります。舅は昨年三代目の社長を引退し、主人に実権を譲り、今は一応会長という肩書はありますが、悠々自適、日がな一日、家で大好きな庭いじりやＤＩＹ作業を楽しむという日々です。

その趣味が表すように、舅は素朴でおおらかな人柄で、嫁の私に対してもとてもやさしく接してくれる人でした。でも、逆に姑は、

「香苗さん、そろそろ跡継ぎのほうはどうなの？　健一（主人の名）も今年、もう三十六……世間でいうところのアラフォーでしょ。あんたもうかうかしてるとすぐに三十路になってまうんやから、もういい加減に焦らんと」

と、ここ最近日々、私の嫁としての責務にプレッシャーをかけてきがちで……もちろん、一人っ子の主人と結婚した時点で、こうなることはわかってはいたこと。しかも相手は由緒ある旧家です。姑に言われるまでもなく、私はその「早く跡継ぎを、孫を」という責務の重さをひしひしと感じていました。

でも現実は厳しい。

なにしろ主人が仕事から帰ってくるのは毎日夜の十一時近くで、おまけに土日祝日も、やれ同業者の集まりだ、協会の会合だといっては家を空けることが多く、満足に夫婦の時間を持つことも難しい有様だったんです。

私もそれとなく主人に、姑からかけられているプレッシャーについて訴えるんですが、主人のほうは、

「そんなんしょうがないやろ。わしは日々の仕事でいっぱい、いっぱいなんやから！　おまえの相手なんかしとられんのじゃ。おふくろには言わしとけばいいんじゃ。まあ、そのうちなんとかなるやろ」

だなんて。

やることをやらなければ、なんとかなるわけもありません。

それは正直、一人の女としての私にとっても、つらい状況でした。

跡継ぎを産まなければという義務感以上に、まだ二十代の私の肉体は性欲を持て余し、カラダの芯の部分から肉の快楽を求めていたんです。

そんな状況の私に、舅はいつもやさしく声をかけては励ましてくれました。

「まあまあ。あれも、自分が嫁にきたとき、健一を授かるまで、相当まわりからあれこれ言われてつらかったから、香苗さんに対してついつい きつい物言いになってしま

うんじゃろ。許してやってくれ。香苗さんは嫁として、本当によくやってくれてる。わしゃいつも感謝してるんじゃ。ありがとうな」

そんな言葉に、どれだけ救われたか知れません。

そして、そうやって舅と話すとき、私はふと思ってしまうんです。

お義父さんに抱かれたら、いったいどんなかんじなんだろう？

……と。

それというのも、先にも書いたとおり、舅は趣味が肉体的作業ということもあって、日々体を動かしているせいか、もう七十近いというのに、とても頑健そうで若々しい見た目をしているんです。

百七十五くらいある身長で背が曲がることもなくシャンとして、お腹が出ることもなく、腕も胸も太腿も、適度に筋肉がついていて……最近ちょっとたるみ気味になってきた主人より、むしろたくましいといってもいいくらいです。

なので、主人よりも、舅に抱かれることを想像するほうが、正直イメージが湧きやすく簡単だったりするんです。

広い家の中、私はいつ終わるとも知れない掃除の手を止めます。

舅は例によって、外で趣味の庭いじりに奮闘しています。

ああ、なんだか無性に兆してきた……。

私は、家の奥まった、ひと際昼間でも暗い奥座敷的四畳半の和室にこっそりと身を潜めます。

障子の張られた引き戸をそっと閉めると、柱に背をもたせかけて座り込みます。

目を閉じ、舅のことを思い浮かべます。

服を脱いで、たくましい肉体を見せつけながら、舅が私に近づいてきます。

そしてそっと手を触れてきて………。

私はブラウスのボタンを外して前をはだけ、ブラをクイッとずらし上げて乳房を露出させます。恥ずかしい話、それほど胸が大きくないのでこういうことも簡単にできるんです。その代わりフォルムには自信があって、主人も「おまえの胸、大きくはないけど、形のいい美乳だな」と言ってくれるくらいです。まあもちろん、最近とんとそんな会話も交わす機会がありませんが……。

ああ、お義父さんの手が……そう想像しつつ、右手で乳首に触れます。先端をコリコリといじくり回し、時折、キュッと引っ張って……。

「ああ、あふぅん、はっ……お義父さん……」

そうしながら、スカートの裾をはだけて下着の中に左手を差し入れると、敏感なお豆ちゃんを中指でつつき、こねくり回して……ほんのりとぬかるんできたところで、そのままその中指をひだひだの中にツププ、と沈めていって。

「はふぅ……あん、あ、はぁ……」

あまり声をあげないように抑えつつ、何度か中で抜き差しさせます。

あっという間に快感が高まり、秘裂はふんだんに泉を湛えてしまいます。

ずちゅ、じゅるる、くちゃ……と、淫靡な擦過音をたてながら私は身悶えし、その淫汁をたっぷりとからませた指を乳房のほうに持っていくと、そのぬめりでもって乳首をいじくり回します。なんとも言えない粘着感が乳首をナメクジのように這い回り、その秘めやかな快感はもう格別です。

「ふはぁ、は、んあっ……んくぅ……」

そうしながら、今度は右手を股間のほうに下げていき、秘裂の中に……中指と、薬指と、人差し指と……三本の指先を呑み込んで、私の淫壺は貪欲に、あさましく快楽に震えのたうつのです。

左手の乳首への愛撫も激しさを増していって……、

「あんっ、あっ、ああ、あ、お義父さん、イ……イク……ゥ、んくぅ～～～……」

私は舅に刺し貫かれることを夢想しながら、自慰オーガズムを迎えていました。

そう、そんな恥ずかしくも、密かな愉しみに満ちた昼下がりを、いったいもう何度迎えたことか。

しかし、実はその行為は決して〝密かな〟ものではなかったんです。

ある日曜日、例によって姑は近隣の婦人会の観劇会とかで出かけ、主人も協会主宰のゴルフ大会だとかでおらず、家には私と舅の二人だけでした。

私は台所に立ち、庭いじりに出ようとしている舅に声をかけました。

「お義父さん、お昼、何にしましょうか？　昨日、佐藤さんからいいお肉をいただいたから、すき焼き風に仕立てましょうか？」

「ああ、いいよ、それで。香苗さんの作る料理はなんでも美味いから、おまかせだ」

「いえ、そんなこと……はい、わかりました」

私は外に出ていく舅を見送りながら、お昼ごはんの仕込みにかかりました。

それから一時間ほどが経った頃だったでしょうか。

十一時半を回って、そろそろお昼近く。

お義父さんに声をかけなきゃ、と思いながら、キッチンに向かって調理の手順にかかったときのことでした。

ふと、背後に気配を感じたかと思った瞬間、私は力強い手で全身を抱きすくめられていたんです。

「……きゃっ！　え、ええっ⁉」

一瞬何が起こったのかわからず、うろたえてしまいましたが、今家にいるのは私以外、舅しかいません。

私は若干、落ち着きを取り戻して、

「お、お義父さん……？　ど、どうされたんですか？　あの……」

と、背後に向かって声をかけました。

でも、返事は返ってはこず、より抱きすくめる手に力が込められるだけです。

「ねえ、お義父さん、ふざけてないで……」

私が言うと、今度は声が聞こえました。

「ふざけてなんかいない。香苗さんの想いに応えたいと思っただけじゃ」

「えっ？　私の想いって……お義父さん、何言って……？」

そう言いながら、私ははっとしました。

ひょっとして、あの……私の痴態を見られてた？

舅の名を呼びながら、淫らな自慰に悶えるあの姿を……？

少し鼻息を荒くしながら、背後の舅が言いました。

「昨日、見てしまったんじゃ。あの四畳半の奥座敷で、香苗さんが、その……わしの名を呼びながら……してるところを……」

やっぱり。

「あ、あの、あれは、その……お義父さんの勘違いで……違うんです……」

私はしどろもどろになりながら、なんとか言い訳をひねり出そうと必死でしたが、うまい理由など出てくるわけもありません。

「いいんだよ、ごまかさなくったって。香苗さん、正直にならないと。わしに抱かれたいんじゃろ？　ん？」

舅はそう言いながら、荒々しく私の体をまさぐってきました。

舅の鍛えられた武骨な手は、衣服と下着の厚みなどものともせずに私の乳房を揉み回し、その強力な淫波がビンビンと肉体の中枢に送り込まれてきました。

「あ、ああ、だ、だめです……お義父さん、そ、そんな……」

「だめなことなんてあるもんか、香苗さん、欲しいんだろ？　健一に可愛がってもらえてないことは、わしら、いやでもよく知ってるよ。あいつ、ああ見えて体力ないからな。香苗さんを満足させてやれるわけがない」

ああ、そこまでわかってるなんて……。

「でも、わしなら大丈夫！　そりゃまあ、あいつ（妻である姑）はもうわしとのエッチに興味なんかこれっぽっちもないみたいだけど、わしは現役バリバリだぞ！　いつだって香苗さんを悦ばせてやれる！」

舅は私の体の向きをくるりと変えて自分のほうを向かせると、ぶっちゅりとキスしてきました。ヘビースモーカーらしく、煙草くさい息が私の口から注ぎ込まれ、こちらの体内にまで充満していくようでした。でも、意外と不快感はなく、ああ、まぎれもないお義父さんの息だ、と逆に嬉しい気持ちを覚えたくらいでした。

「ああ、んぐっ、香苗さん……ふう、んぶ、んじゅっ……」

「はぐっ、んぐぅ……あふっ、ぐう、んんんん～～～～……」

さんざん唇を吸われ、口内を舌で舐め回され、啜り上げられるうちに、私の体はどんどん脱力していってしまいました。まるで抵抗する気力を舅に吸い取られてしまったようでした。

もちろん、そもそもそれほど抵抗する気もなかったのですが……。

「お、お義父さん、こ、ここじゃあ……」

「ん？　あ、ああ、そうだな……いつなん時、ご近所さんがやって来るかもわからないものな。それじゃあ……」

舅はそう言うと、私の体を抱きかかえるようにして歩き出し、連れて行かれたのは、そう、もちろん、あの私の秘密の部屋……四畳半の奥座敷でした。

やはりそこは、昼日中だというのに暗く、でも私たちは電灯を点けることなく、倒れ込むように入室すると、ふすまを閉じました。

「はぁ、はぁ、はぁ……香苗さん……」

「お義父さん……」

さっきまではまだ少し、この、嫁と舅の禁断の接触に抵抗感があった私でしたが、その部屋に入った瞬間に、そんなものは弾け飛び、淫らで貪欲なメスと化すスイッチが入ってしまったようでした。

ここは、私が満たされない欲求を発散させる場所。

嫁でも妻でもなく、生身のオンナを解放できる場所。

私は自分から衣服を脱ぎ去ると、そのあまりの態度の豹変ぶりにちょっと驚いている舅を尻目に、彼の服をこちらから脱がしていきました。

その肉体は、やはり私の想像と期待どおりで、薄暗い闇の中でも、オスの野性と圧力を発散させ、私の興奮を煽りたてました。

畳に寝そべった私の上に舅が覆いかぶさり、その待ち焦がれた圧迫感に私の肉体のあちこちから、喜悦の悲鳴が聞こえてきます。

「はぁ、はぁ、はぁ……すてきなおっぱいだよ」

そう言いながら、舅が私の乳房を吸いたててきました。荒々しく揉みしだかれ、でも決して痛くはない絶妙の愛撫の感覚とともに、私はたまらない喜悦の悲鳴を上げてしまいます。

「ああん、ああ、お、お義父さん～～～……はふ、ふぅ、いいっ！」

「ふぅ、ううっ、香苗さん……おっぱい、とっても美味しいよ……ああ」

快感に喘ぎながら、下のほうの圧力が増してくるのがわかりました。

舅のペニスは力強く勃起し、その驚くほどの硬さと熱さで、私の太腿のあたりをギユウギュウと圧迫し、ほとばしる脈動が感じられるくらいでした。

私は、もうそのペニスをしゃぶりたくてたまらなくなって……。

「お義父さん……っ！」

一声そう叫ぶと、身を奮い起こして舅の下半身にむさぼりついていました。

そして、そのいきり立った先端からずっぽりと咥え込むと、舌先でじっくりと性味を味わいながら、喉奥まで呑み込み、呑み戻し……と、首を振りたてて何度も何度も激しくバキューームフェラしたんです。

「うっ、うおおっ……か、香苗さん、す、すごい……くうっ！」

舅が喘ぎ、よがり、ますますその肉の昂ぶりを増長させました。

「わしにも……わしにも、香苗さんのを味わわせてくれぇ」

「はぁ、はぁ……じゃあ、舐め合いっこしましょう?」

私たちはシックスナインの体勢になって、お互いの性器をこれでもかと舐め合い、味わい合いました。舅の舌は私のヴァギナの奥の奥まで舐め回してきて、自分でも信じられないくらいの愛液が溢れ出してしまいました。

「んはっ……はぁ、はぁ……んじゅぶっ、ふぅ……」

「はふっ、じゅぶぶ、んぬちゅ、くふうっ……」

そうやって、三十分以上もお互いの性器を味わい尽くしたでしょうか。二人ともも う、汗と、唾液と性液でドロドロ状態になってしまい、いよいよ、求め合う欲望が頂点に昇り詰めてきました。

「ああ、香苗さん……香苗さんが欲しい……入れたい……いいよな?」

「ああ、お義父さん……もちろんです……ううっ、早く、早くお義父さんのその太くて硬いオチン○ン、入れてくださいぃっ……」

私は舅の懇願にそう言って応え、正常位の形になって両脚を大きく広げると、深く深く、そのペニスを迎え入れました。

「ああっ、くる……お義父さんのが……入ってくるぅ……！」

「ああっ、香苗さん、熱い……香苗さんの中、たまらなく熱いよっ！」

「お義父さんのも、とっても太い……ああ、ああっ……」

まぐわった私たちは、そのまま禁断の性交に没入していこうとしました。

ところがそのとき、思いもしないことが起こったんです。

「お〜い、香苗ー！　おやじー！　いないのかー？」

どたどたと足音がして、主人が大声で呼ぶ声が聞こえてきたんです。

「いやー、まいったよ〜、急に大雨になっちまってよー。ゴルフ大会は中止だ。……って、おーい、二人ともいないのかーっ？」

思いもよらない帰還でした。

しかも、だんだん声と足音がこちらに近づいてきます。

もし今、この部屋のふすまを開けられたら……!?

私と舅は、どうすることもできず、息をひそめたまま固まってしまいました。当然、アソコは合体したままです。

「おーい、香苗ー！　おやじー！」

とうとう、すぐそばまで近づいてきました。

すると、どうしたことでしょう？

さっきまでは突然のアクシデントに驚き、萎縮しかかっていたお互いの欲望が、今度は逆に興奮を取り戻してきたんです。

このスリリングな局面が、昂ぶりを呼んでしまったようです。

舅は息をひそめたままペニスを硬くし、黙って腰を突き出してきました。

私もより一層アソコを湿らして、それを受け止め、飲み込んでいきます。

閉め切った四畳半の薄闇の中、沈黙の快感が高まり、昇り詰めていきます。

「なんだ、二人ともいないのか……しょーがない、外に昼飯食いに行くかー」

そのとき、主人のそういう声が聞こえ、足音が遠ざかっていきました。

しばらく耳を澄ませながら沈黙の性交を続けていた私と舅でしたが、ようやく主人が離れきったことを確信すると、再び声をあげながら、最後の詰めに入りました。

「はぁ、はぁ、はぁ……香苗さんっ……もう、出すよっ！」

「ああん、お義父さん、はぁ……いっぱい出してぇっ！」

「う……くうっ！」

「あっ！　イク！　イク……あああああ〜〜〜〜っ！」

とうとう、私たちはクライマックスを迎えたのです。

「香苗さん、ごめんよ。こんなことになってしまって……もうなんだか自分を止められなくなってしまって……」

申し訳なさそうに言う舅に向かって、私は言いました。

「ううん、いいんです、お義父さん。私、とっても嬉しかった。お義父さんとこうなれて、とっても幸せです」

「そうかい？　じゃあ……もしよければ、これからも、その……わしとしてくれるかなあ？」

「はい、よろこんで」

私たちは見つめ合って微笑みました。

それからしばらくは、月に一回ほどのペースで関係を持っていた私と舅でしたが、そのうち、私のほうがそれでは物足りなくなってしまって……今では、月に三回ほどもやるようになってしまいました。

しかも、あのとき、主人が思いがけず帰ってきたときのサプライズな興奮と快感が忘れられずに、わざわざ姑や主人がいるタイミングを見計らって、してしまうというふうにエスカレートする形で。

「香苗さん、今更なんだけど、あんた、本当に淫乱だね～？」

あきれ顔で言う舅に対して、私はにっこり笑って言うのです。

「あら、私をこんなふうにしたのはお義父さんのほうですよ。ちゃんと最後まで責任持ってくださいね？」

……って。

■健太さんの鋼のような筋肉の圧力に押しひしがれながら、彼の口戯に乳房をさらし……

新居完成を目前にたくましい大工青年と激しく交わって

投稿者　日野美鈴（仮名）／31歳／新潟県

新潟県というと、皆、一年中寒い北日本の県というイメージを持つかも知れないけど、私が住む上越市なんて、ついこの間の夏はなんと国内最高の四十度の気温を記録しちゃったくらい、暑いときは暑い。それでもって、冬はもういやになるほどの雪が降るものだから、暮らしていくのもなかなか大変。でもまあ、この大きな寒暖の差があるおかげで、日本有数の美味しい米どころとして名を馳せているのかもしれないけど……どこに住んでもそうなんだろうけど、よいことばかり、悪いことばかりじゃないってことかしら。

そんな地方の、私が暮らす町は、北陸新幹線が停まる上越妙高駅から車で二十分ばかり行った場所にある。この上越妙高駅、まだ駅自体が造られて間がなく、まだまだその周辺は建物も少なく、少しずつホテルや飲食店なんかが出来始めてはいるけど、まだまだだだっ広い空き地が広がってるようなかんじだ。でも、私の家がある辺りは、もう昔っからある集落が土台となった住宅地で、けっこうな古くて大きな家が軒を接するようにひしめき合っている。もちろん住人皆が顔なじみで、そのご近所づきあいはかなり濃ゆい。

私はここで生まれ育ち、高校までは地元の学校に通ったものの、大学は東京へ、そして卒業後の五年間は向こうで就職して暮らしていたものだから、その後Uターンして戻ってきたあとは、久方ご無沙汰だったその濃厚な人間関係に触れて、懐かしくもうっとうしい感慨を感じたものだ。

故郷に戻ってきたのは、結婚が理由だった。

私は高校時代から、先輩である今の夫とつきあっていたのだけど、離れている間も、多少のすれ違いやすったもんだはあったものの、けっこうちゃんと遠距離恋愛を続け、まあもういい歳なんだからということで彼に乞われ、結婚するためにUターンしてきたという次第。

二十八歳で結婚し、同じ町内にある夫の家に嫁ぎ、でもその後すぐに舅が病気で亡くなり、そしてつい昨年には姑が亡くなった。

私もいよいよ三十を越え、そろそろ子供も欲しいねという話をしてるうちに、夫が、

「じゃあ、思いきってこの古い家壊して新しく建て直そうか。子供のためにも、その

ほうがいいだろ？」

と言いだし、それは私にとっても願ったりかなったりだった。

夫の実家は、築五十年を優に超える物件で、とにかく造りが古く、今どきの女の私としては、家事をするにしても何にしても、不便なことこの上なかったのだ。

早速、夫の知り合いの建築会社と打ち合わせを始め、旧居の取り壊しの日程から新居の設計、建築の段取りなどがあれよあれよという間に決められていった。

そして、今年の春に旧居すべてが取り壊され更地になり、いよいよ新居の建築が始まって、その間、私と夫は近所にある六畳・四畳半の２ＤＫのアパートに暮らすことになった。

さあ、あとは新居が出来るまで、小さなアパートでのちょっとした新婚気分の生活を送りながら、ワクワク待つのみ……なんてのんきなこと言ってる場合じゃなかった。

仮にも私は建て主の妻。建築作業が続く間毎日、大工さんたちにお昼時のお茶を出し、三時にもおやつとお茶を振る舞うという、暗黙のお務めが待っていたのだ。

うええっ、めんどくさ〜い！

文句たらたらの私だったけど、それがこの辺りのやり方なのだから、従わないわけにはいかない。毎日五人ほどやってくる大工さんたちに対して、かいがいしく世話をする日々が始まった。

でも、最初こそイヤイヤ気分で無理くりそのお務めをしていた私だったけど、それもだんだん変わっていった。

大工さんたちの中にお気に入りの一人を見つけたのだ。

健太さん、三十三歳。

百八十センチある長身に、精悍に日焼けした筋肉質のたくましい肉体。

元日本代表サッカー選手のナカ○ワさんを思わせるワイルドな風貌。

その外見だけでもうかなり、いいな～……とやられ気味の私だったのだけど、日々お茶やおやつを出しながら二言、三言と言葉を交わしているうちに、その意外な真面目さ、朴訥さを知り、ますます……いわゆるギャップ萌えしてしまったわけだ。

あんなオラオラ系の風貌しといて、そんなの反則だわ～……！

もう私は健太さんに夢中だった。

あ、一応言っとくけど、私は夫に不満があるとか、嫌ってるっていうわけじゃ全然ない。生活を共にしていく伴侶としてちゃんと愛してるわ。でも、それとこれとは、別腹っていうこと。

私は健太さんの歓心を買うべく、行動を開始した。

わざと胸の谷間がばっちり見えるタンクトップをインナーに着ると、その上にパーカーを羽織って他の人には見せないようにしつつ、健太さんにだけは前のジッパーを下ろしてチラ見せするのだ。そして、にっこり微笑みながら、上目遣いに彼の顔を見て。

健太さんったら、私の胸元を見ないように目をそらせながら、赤面してるの！

か、かわいい～～～～～っ！

私はなんだかもう楽しくなってしまって、日々、そんなイタズラを彼に対して仕掛けていった。

さりげなくボディタッチしたり。

わざと首筋に息を吹きかけるようにしたり。

そのたびに彼が見せるピュアでぎこちない反応に、私はもうメロメロだった。

でも、ここまではあくまで、日常の中でのちょっとしたドキドキ感や刺激を、彼をからかうことで得ているだけのレベルを超えるものじゃなかった。誘惑するような真似をしながらも、あくまでまだまだ〝本気〟ではなかったのだ。

それがある日、私は〝本気〟になってしまった。

その日はとっても暑かった。四十度とまではいかなくても、三十五度はあったんじゃないかしら。

炎天下での作業の途中、そのあまりの暑さを解消すべく、大工さんの皆が水道のホースを使って水浴びを始めたのだ。

皆、そもそももうすでに汗だくなので、上半身だけ裸になって下の作業ズボン等はそのまま濡れるに任せて、めいめいが一時の冷感を楽しんだのだけど、健太さんだけはちょっと違った。

上半身を脱いだ上で、作業ズボンも脱いで下もボクサーショーツだけの姿になって水浴びをしたのだ。もちろん、私はその間、彼らのそばにはいなくて、少し離れた場所の物陰にいたのだけど、それでもそれは一目瞭然だった。

勝手知ったるたくましい肉体のその中心。

両脚の付け根のその部分、ぴっちりとしたボクサーショーツがはち切れんばかりに、股間は大きく豊かに膨らんでいた。

そこに、次から次へと上から水流が流れ落ち、豊かな曲線を描く膨らみの表面を伝い流れて……！

私はたまらなくなってしまった。

そのままアパートに取って返し、部屋に駆け込むと崩れるように座り込んで、自分の股間に手を突っ込むと、そのままオナニーを始めてしまったのだ。

脳裏に鮮やかに焼き付いた、あの魅惑すぎる膨らみ。大きくなったら、いったいどれくらい豊かに実るのだろう?

いったいどれくらい硬いのだろう?

亀頭はどんな形で、もし中に入ってきたら、どんなふうな具合なんだろう?

そんなことを悶々と思い描きながら、自分で乳首をいじり回し、アソコの中を搔き回して……。

ものの一分とかからず、イッてしまった。

その日の夜、私は久しぶりに夫を求めてしまった。

昼間の、健太さんを欲望の対象としたオナニーの余韻冷めやらず、どうにもガマンができなくて、男の本物の肉棒が欲しくなってしまったのだ。

「おう、珍しいな」

そう言いつつ、夫もその気になって抱いてくれたのだけど……もちろん、当たり前だけど夫のアレは、セックスはこれまで幾度となく味わってきたそのままで……もう目いっぱいにまで膨らんだ健太さんとの淫らな妄想からくる渇望を癒してくれるものでは全然なくて……正直、逆に夫とセックスをしたことで、さらに健太さんに対する欲望が高まってしまったかんじだった。

ああ、健太さんが欲しい！

そんな想いを日々昂ぶらせる私だったけど、当然、おいそれとそんな機会が巡ってくるわけもなく、ただ、時は過ぎてゆくだけだった。

そして、とうとう新居の完成が間近に迫ってきた。

もうあと一週間ほどですべての工程が終わり、そして、それをもって健太さんとの別れがやってくる。

そう思うと、ますます私の焦燥感は増すばかりだった。

そして私は思い立った。

その日は金曜日で、もう工程も仕上げ段階ということで、作業も早めに終わって、大工さんたちも皆、早めに作業を切り上げて撤収することになった。

帰り支度を始めている皆の中、私はそっと健太さんに耳打ちしたのだ。

「あの、ちょっと二人きりで話があるんだけど」

一瞬怪訝な表情を浮かべた彼だったけど、すぐに何かを察したようだ。

それはそうだろう。これまでさんざん、私は口には出さずとも、彼に対して多くの淫らなアプローチを仕掛けてきたのだから。今となっては、あの暑い水浴びの日、あの健太さんの行動は、私が陰で見ていることを知ったうえでの、彼からのアンサーだったのではないかと思っているくらいだ。

「ああ、いいっすよ」

健太さんはそうぼそりと言うと、わざと帰り支度するペースを遅らせるようにして、他の皆の撤収を見送る格好になった。

そして、私が先導する形で歩きだすと、彼が訊ねてきた。

「あれ、アパートのほうに行くんじゃないんすか？」

私は完成間近の新居の勝手口のほうに向かいながら、無言で微笑みを返した。

夫との日常の空気が充満したアパートじゃなく、まっさらの新居で彼と愛し合いたかったのだ。

彼のほうも同じく微笑むと、黙ってつき従ってきた。

そして勝手口から屋内に入った瞬間、私は身をひるがえして彼のほうを向き、無言で抱きついていた。

「あっ……お、俺、汗まみれで汚いっすよ？」

躊躇するように健太さんは言ったが、

「それでいいの……いいえ、そうじゃなきゃダメなの！」

私はそう言って、激しく彼にキスをした。

彼の酸っぱい汗の味がして、全身からむせ返るような臭気が立ち昇ってくる。

その男臭さが、生臭さが、ほこりっぽさが、ますます私の興奮を煽りたて、私は体中が熱くなってしまう。

「ああ、ああ……健太さん……！」

「は、はあっ、お、奥さん……っ！」

私たちは広いダイニングキッチンのピカピカの床の上に、もつれ合うようにして倒れ込んだ。

そして、お互いに息を荒らがせながら、服を脱がし合い、あっという間に二人とも全裸になってしまった。

そのまま固く抱き合い、双方の肉体を撫でまさぐりながら、互いの体に唇を、舌を這わせてゆく。

健太さんの鋼のような筋肉の圧力に押しひしがれながら、私は彼の口戯に乳房をさらしていた。荒々しく乳首を吸われ、乳房全体を舐め回され、揉みしだかれて、この上ない悦びが全身を覆っていく。

私だって負けてはいない。

彼の分厚い胸筋にすがりつくと、意外に小粒な乳首に吸いつき、舌を這わせた。

「んっ……ふぅ……」

彼が軽く呻き、口中で乳首が固く尖るのがわかる。

それから私は体を下にずらしていき、目の前にいよいよ彼の股間をとらえた。

あの日、私の淫らな心をものの見事に射抜いたそこは、今、剝き身の姿で眼前にあった。長さは夫の優に一・五倍、十七〜十八センチはあるのじゃないだろうか。太さも直径五センチはあろうかという逸物で、大きく分厚く張り出した亀頭の笠も惚れ惚れするほどのたたずまいだ、竿の表面に、蛇がとぐろを巻くようにくっきりと浮き出している太い血管も、ますます迫力を際立たせている。

「あ、ああ……」

私は思わず感動の声をあげながら、それにしゃぶりついていた。

例の大きな亀頭は口に入りきらないほどだったけど、必死で舌を笠裏に這わせながら舐め回して、ジュルジュルと大きな音をたてながら必死に喉奥のほうに呑み込んでいった。そして、一生懸命締め付け、しゃぶりたてながら、大きな玉袋も揉み込んでいく。手のひらの中でグリグリと転がる玉の感触も心地いい。

「あ、ああ、す、すげぇ……奥さん……」

快感に喘ぐ彼の声がさらに嬉しくて、今度は私の唾液と彼の先走り汁とで濡れまみれた竿をニッチュ、ニッチュと手でしごきながら、玉袋を口内に含んで舌先で転がし、舐めまくっていく。

「あっ、ああ……奥さん、お、俺もう……っ！」

健太さんはそう喘いだかと思うと、私の口内に大量の精液を射ち放った。

私はそれを躊躇なく飲み下し、大きくため息をついた。

「あ、お、俺……すみません……」

「いいの、とっても美味しかったわ。でも、まだできるよね？　今度は思いっきり私を可愛がって欲しいな」

「も、もちろんっす！」

彼はそう言うなり、私を床に押し倒すと両脚を大きく左右に開かせて、その真ん中の濡れそぼつた肉穴に顔を埋め、舌と唇で愛撫を繰り出してきた。恥ずかしいまでに大きく膨らんだ肉豆を吸われ、転がされ……肉襞を縦横無尽に掻き回され、しゃぶり回されて、私は思わず喜悦の声をあげてしまう。

「ああん、ああ……健太さん、いい、いいわ……ああっ！」

「はぁっ、奥さん……んじゅぶ、ぬぶ……」

もう限界だった。

私は身を起こして、彼の、再び凶暴なまでにいきり立ったペニスをがっしりと掴み、叫んでいた。

「ああん、もうダメ！　早く、早くこのぶっといチ○ポ、私のここに突っ込んでぇ！　おねがいっ！」

「お、奥さん……っ」

「いやっ、美鈴って呼んでぇっ！」

「美鈴っ！」

健太さんはそう叫ぶと、ついにあの待望のペニスを私の中に突き入れてきた。

巨大な圧迫感が襲いかかり、肉穴が破裂せんばかりの衝撃に見舞われた次の瞬間、私は未だかつて体験したことのないエクスタシーの大波に呑み込まれていた。

「ああ、あ、あん、はぁっ、あああああ〜〜〜〜〜っ！」

本当に、これほど凄いセックスは初めてだった。

私は、まるで暴れ馬に振り落とされないようにするかのように、必死に彼の腰に両脚を回してきつく抱き着き、次から次へと注ぎ込まれる快感の奔流を一滴残らずこぼすまいとしていた。

そして、いよいよクライマックスが押し寄せ、目もくらむようなまばゆいオーガズムの瞬間が……！

「あっ、あっ、あっ……イ、イク、イク～～～～ッ！」

「ああっ……み、美鈴っ……！」

胎内に健太さんの二発目の熱いほとばしりを感じながら、私は人生史上最高の絶頂感を味わっていた。

事後、健太さんは職人らしく、淫らに汚れたその場をきれいに始末して帰っていき、それから新居が完成して以降は、彼に会っていない。

私は再び、さびれた地方都市のつまらない日常の中に埋没しているのだ。

第四章

淫らな洗礼にさらされ狂う田舎妻

■むちむちと友永さんが揉みしだく乳房を、乳首を、山瀬さんがちゅうちゅうと舐め……

マンゴー畑に響き渡る世にも淫らなトリプル快感の嬌声

投稿者 相澤つぐみ（仮名）／26歳／宮崎県

高校の先輩だった夫と二年前に結婚し、夫が営むマンゴー農園を手伝っています。子供はまだいません。周囲からも、早くつくったほうがいいよ、と言われるんですが、べつに避妊してるわけでもないし……まあ、こればっかりはこっちの都合だけでできるものでもないし、運に任せるしかありませんね。

でもついこの間、心から妊娠しなくてよかった、と胸を撫で下ろしている出来事が私を見舞ったんです。

マンゴー栽培のベテランである夫が、バイクを運転中に事故にあって両脚を骨折してしまったんです。全治二ヶ月という診断でした。

さて、困りました。

もうマンゴーの収穫は近いというのに、肝心の夫を当てにすることはできません。とてもじゃないけど、私一人ですべての作業をこなすなんてこと、不可能です。

夫とも相談した結果、夫が入院中、収穫の最盛期となる三日間だけ、手伝いの人を頼もうということになりました。とはいうものの、県内のマンゴー農家は当然どこも自分のところの収穫作業で手一杯で、そう易々とは現場作業のわかる人は見つからず、大変苦労しました。

そしてようやく二人、ある程度は経験があるという人が見つかったんです。

山瀬さん（三十六歳）と、友永さん（四十歳）という男性でした。

この二人、普段は普通の会社員なのですが、マンゴーの収穫期にだけ臨時で農園の手伝いをしているという、いわば、マンゴー収穫に特化した季節労働者というかんじでした。

「助かりました。夫がこんなことになってしまって……私の女手ひとつでどうしようかと、困り果てていたところだったんです」

「いやあ、いつも手伝いに行ってるところのご主人がもう高齢で、農園を畳んだもんでね、こっちとしてもちょうどよかったんだ。な、トモ（友永）さん？」

「ああ、こっちこそ渡りに船ってかんじだよ」

トモさん、ヤマさんと呼び合う二人は、これまであちこちのマンゴー農園で一緒に働いたことがあるらしく、旧知の間柄のようでした。

「まあ、奥さん、俺らがいれば大船に乗ったつもりでいてくれたらいいから。そうだよな、ヤマさん？」

「おう、まかしとけ」

二人から頼もしい言葉を聞き、私はとても安心しました。

二人とも肉体的にもとてもたくましいかんじでしたし、人の好い温厚そうな雰囲気に思えたからです。

こうして、初めての顔合わせから一週間後、いよいよ収穫のもっとも忙しい時期がやってきました。

朝一番にうちの農園にやってきた二人は、それはもうテキパキと力強く収穫作業に取り組んでくれて、さすがベテランと思わせる働きっぷりでした。

つくづく、この人たちに頼んでよかった……そう心から思いました。

この三日間ぜんぶ、早朝から深夜までの作業となるので、二人は二晩うちに泊まり込みということになります。幸い、うちの農園の一角に二人ぐらいなら十分寝泊まりできるプレハブ小屋があったので、そこを使ってもらうことにしました。

初日、夜九時にこの日の全作業を終え、二人にはうちの自宅のほうでまずお風呂に入ってもらい、そのあと冷たいビールを振る舞ってあげての遅い夕食となりました。

「まずは初日、お疲れさまでした。ほんと、お二人のおかげでスムーズに収穫も進んで、助かりました。さ、どうぞ」

「ああ、恐れ入ります、いただきます」

「すみませんね〜っ!」

自宅のダイニングキッチンのテーブルに私と彼ら、向き合って座り、風呂上がりでこざっぱりとした二人は、ランニングシャツに短パンという軽装で、にこやかに私のお酌を受けました。

夕飯はもちろん、私の得意料理で宮崎のソウルフード、チキン南蛮です。

「うん、美味い! 奥さん、こりゃ店顔負けですよ」

二人はそう言って、ガツガツと食べ、グイグイと飲み、見る見る顔は赤く、高いテンションになっていきました。

するとそのうち、私はだんだん不安を感じるようになってきたんです。

その、なんていうか、二人の視線が……私の体を、胸元とか太腿を舐めるように見ているような気がして……。いえ、日中の疲れと暑さの名残から、ちょっと気を抜いて、タンクトップとホットパンツという、二人とあまり変わらないラフな格好をしてしまった私のほうも悪かったのですが……。

「ささっ、奥さんももっと飲んで！　ほらほら！　はい、お疲れさまー！」

それほど飲めるほうではない私でしたが、とても遠慮できない雰囲気に、私は注がれるままにビールを何杯もあおってしまいました。

ああ、案の定、酔いが回るにつれ、全身がカッカ、カッカと熱くなり、頭がボーッとなってきました。なんだか、手足が自分のものじゃないような浮遊感まで感じられてしまいます。

と、だらしなく開いてしまった私の唇の端からビールがこぼれ落ち、顎から首筋を伝い、タンクトップで窮屈に締め付けられた胸元の谷間へと流れ伝っていきました。

（わっ、エロっ……）

思わず自分でもそう感じてしまった瞬間でした。

「ああっ、たまんねっ！」

友永さんが短くそう叫ぶと、ガタンと勢いよく椅子を後ろに倒しながら立ち上がって、テーブルを私のほうに回り込んでくると、いきなり抱き着いてきたんです。

「え、ええっ、ちょ、ちょっと友永さん……な、何するんですかっ⁉」

「お、奥さんのほうが悪いんだからな！　そ、そんな、すげえおっぱい、これ見よがしに見せつけてきてよお！」

友永さんは吐き出すようにそう言いながら、ごつく分厚い手でタンクトップの上から私の乳房を鷲掴むと、力任せに揉んできました。

私は救いを求めて、一方の山瀬さんのほうに視線を向けました。

「や、山瀬さんっ……たすけ……」

と、言いかかったところで、私は思わず口をつぐんでしまいました。

山瀬さんの目の中に、友永さんに負けず劣らない、ギラギラとした欲望の輝きがあることを見取ってしまったからです。

「うふ……トモさんの言うとおりだ。奥さんのほうが悪い。そんな恰好、完全に俺らのこと誘ってるって。っていうか、これも奥さんの〝おもてなし〟なんだろ？」

山瀬さんは好色そうな笑みを顔いっぱいに浮かべ、立ち上がって近づいてきました。

そして、背後から友永さんに胸を揉みしだかれている私の前のほうに回り込むと、唇をむさぼってきたんです。

「んじゅぶっ……んふ、ぐう、うぶぅぅ……」

じゅるる、ぬじゅぶぅ、と激しくあられもない音をたてて唾液を啜り上げられながら、舌をからめとられ口内中をねぶり回されました。

「ああふぅ……奥さんのツバ、うまかぁ……んじゅっ、うぷっ……」

「んんぐぅ、ふあっ……んんんんっ……」

苦手なアルコールが回っている上に、胸を荒々しく揉みしだかれる刺激と、口内を犯される甘美な陶酔感が合わさり、ないまぜになって……私は気の遠くなるような官能の大波に呑み込まれていってしまいました。

友永さんがついに私のタンクトップを頭から脱がせ取ってしまい、ぷるるんと派手に揺れながら、乳房が露わにさせられました。

「うっ、うおおっ、ナマ乳、すげえっ！　ぷるんぷるんのもちもちじゃあっ！」

山瀬さんがそう叫んで、即座にむしゃぶりついてきました。

むちむちと友永さんが揉みしだく乳房を、乳首を、山瀬さんがちゅうちゅうと舐め、吸ってきて……。

「ああん、はあっ……だ、だめぇっ……こ、こんな、ああっ！」

私は必死に抵抗の言葉を口にしようとするのですが、さすがに全身をむしばんでくる快感に太刀打ちできなくなってきて……。

「ほら、奥さんの乳首もこんなにピンピンに硬く尖ってきて……感じてるんじゃろ？　ん？　もっと甘い声で啼いてもいいんだぞ？」

いつの間にか背後から前のほうに来ていた友永さんが、今度は私のホットパンツを脱がせながら言いました。それは自分でも痛感していることでした。気持ちよすぎて逆に、乳首が痛いくらいに張り詰めていたんです。

「あ〜あ、ほら、やっぱり〜！　こっちももうトロトロじゃなかかあっ！」

友永さんの好色感に満ちた声が、意地悪に私の下半身の痴態をあげつらってきました。そして、ぶちゅうと股間に口をつけると、舌をレロレロとうごめかしながら、淫らな粘液にまみれた肉ひだを、いやらしくひくつく肉壺を、これでもかと掻き回し、ねぶり回してきたんです。

「はひっ、ひっ、ひぃ……あうん、あっ、はぁっ……あん、あん、あん……」

自分の喉からほとばしり出るあられもない喜悦の悲鳴を、もう押しとどめることはできませんでした。それどころか、自ら腰を浮かすようにして、もっともっとと責めを求めてしまったんです。

「よ〜し、よし！　俺の肉棒が欲しいんだな？　言っとくけど、俺のは太くて硬いぞおっ？　覚悟しとけよ！」

そう言うと、友永さんはおもむろに裸になりました。

そして、その股間で屹立している肉棒のあまりの迫力に、私は一瞬息を呑みました。

それは確かに、彼が自分で言ったように極太の逸品で、黒光りする亀頭のてかりと、浮き出した太い血管が、極上の硬さを物語っているようでした。

「さあ、入れるぞぉっ……んんっ、ん……おらあっ！」

「ひあっ、ああ……あああああああああっ！」

柔らかな肉ひだを無残に蹂躙しながら押し入ってきたその肉棒は、それはそれは本当に硬質な熱さに満ち満ちていて……私は、力強く抜き差しされるたびに、炸裂する爆発的な快感に、恥も外聞もなく大きく喘ぎ悶えてしまいました。

「おいおい、俺ももうたまんねえよ～……なあ、奥さん、こっちも咥えてくれよ～」

傍らから山瀬さんが情けない声でそう言いながら、私の唇を割って肉棒を口内に押し込んできました。それは友永さんに比べると細かったですが、長さはなかなかのものので、私は喉奥を犯されて息苦しいつらさを覚えながらも、必死で舌をからめ、顔を振りたててしゃぶりあげました。

「おお～っ、いい、いいぞぉ……奥さん、おしゃぶりも絶品だあっ！」

上の口と下の口を同時に犯され、私は夫とのセックスでは未だかつて感じたことのない、凌辱される危険な快感に溺れてしまっていました。

（ああ、こんなに気持ちいいの、はじめて……もう、死んじゃいそう……）

すると、友永さんの腰の動きがぜん速まり、抜き差しが切迫感を増してきました。

叩きつけるような肉棒の挿入が、私の胎内を深く、深くえぐってきます。

「おおう、もう……イクよ、奥さん……中で出しても……いいか……」

という言葉を全部言い終わらぬうちに、胎内で熱いほとばしりが大きく弾けるのを感じ、私は同時に背を大きくのけ反らせながら、絶頂に達していました。

「あっ……ああ～～～～～～～～～～っ！」

その拍子に咥えていた山瀬さんの肉棒を放してしまいましたが、ちょうどいいタイミングで彼も射精した瞬間でした。

こうしてなし崩しに3Pしてしまった私たちでしたが、二日目の翌晩は、もっと計画的に愉しむことができました。

収穫作業が終わり、辺りはもう真っ暗に日が暮れていました。

昨日は突発的に狭い台所でやってしまったがゆえに、三人ともシンクやテーブルに体のあちこちをぶつけて青あざをつくるはめになってしまったので、今日はそうならないよう、広い場所でやりましょう、と。

選んだ場所は、もちろんマンゴー畑でした。

生い茂るマンゴー群を見渡せる、真ん中の広い地面にブルーシートを敷き、今日は、これまた昨日とは違って、皆が作業後の汗とほこりにまみれた状態のまま、ことに及んだのです。

男くさく酸っぱい香りに満ち、そして粘ついた汚れた肉体に、さすがに最初は抵抗を覚えた私でしたが、いったん始まり、ことが進んでいくと、すぐに気にならなくなっていきました。いえ、むしろ、そのワイルドで生々しいかんじが、昨日とはまた違った興奮と快感を煽りたてるかのように、私は一段と夢中になってしまいました。

今日は山瀬さんと友永さん、二人のタイプの違う肉棒の舐め比べがしてみたい、そんな欲求に駆られた私は、彼らを並んで立たせてその前に膝をつくと、太いのと長いのと、それぞれを両手に支え持ち、交互に舐めしゃぶり、味わったんです。

それは、汗とほこりどころか、途中で幾度も用を足した尿の香りさえまとっていて、普通なら生理的嫌悪を感じてもいいくらいなのに、私はまるで野性のメス犬の本性を刺激されたかのように言いようもなく昂ぶってしまい、狂ったように舐め、しゃぶりまくってしまったんです。

「ああっ、おいひぃ……んんぐ、んぶぅ、はぶっ……！」

「ああ～、奥さん、ほんとすげぇ……エロすぎだよぉ……」

「ほんと、ほんと！　ううっ、チ○ポ、蕩けちゃいそうだあ～」

そうやって、まずはフェラで一発ずつ抜き搾ってあげたあと、再び三人でからみ合いました。

「ねえ、おねがい、二人で変わりばんこに入れてぇ……ね？」

私はブルーシートに仰向けに寝そべり、立っている二人を見上げながら、そうおねだりしていました。

同じ女穴を同時に他の男と共有することに、一瞬躊躇したような彼らでしたが、すぐに割り切ったようで、私の前に並んでひざまずきました。

「じゃあ、今日は俺から……」

そう言うと、山瀬さんが例の長い肉棒を突き入れてきました。そして、三分ほど抜き差しすると、

「ううっ……よし、トモさん、タッチ！」

「よしきた！」

といって、友永さんと交代し、今度はあの極太の逸品が押し入ってきました。

そんなふうに交互に二つの異なるタイプの肉棒を味わい、思う存分感じ、中規模のオーガズムを愉しんだ私でしたが、いよいよムズムズとクライマックスの前兆が差し迫ってきました。

「ああっ、もう、だめ……すっごいイキそう……あああん」

そう喘ぐと、それを受けた二人もギアを上げてピストン・スピードを増し、交代のタイミングもめまぐるしくなって……。

「ふぅ、お、俺ももう……」

「ああ、イキそうだ……く、くぅ～～～～っ！」

「ああっ、きて……思いっきりきて～～～～～～っ！」

最後のタイミング、山瀬さんが私の中で果て、友永さんは私のお腹の上に膣外射精……私はそんな二人の官能エナジーを思う存分味わいながら、最大の絶頂を迎え、本当に失神してしまったのでした。

翌日、二人は全作業を終え、私から手当てを受け取ると帰っていきました。

あまりの気持ちよさに負ける形で、避妊も何もなく暴走してしまった私は、結果妊娠は回避できて一安心したわけですが、性懲りもなく、またいつか彼らと３Ｐしたいなんて思っちゃったりして……。

まあ、また夫に骨折なんかされたりしたら、困っちゃいますけどね！

■痛みは心地よさに変わっていき、さらにそれが度合いを増して全身を陶酔感が……

義理の父との二十年に及ぶ爛れた関係に溺れる私！

投稿者　竹岡真美子（仮名）／33歳／福井県

父ががんで亡くなったのは私が小学校二年のとき。まだ三十二歳やった。

今、そのときの父とほぼ同じ年齢になってわかる。

まだまだ若く、人生はこれから。さぞ無念やったことだろう。

そしてまさか、自分がその成長する姿を見ることができず、この世に置いていかなければならなかった娘の私が、自分の後釜に座った相手に、こんな目に遭わされることになるなんて夢にも思わなかったに違いない。

父の死後、丸五年が経った頃、母が再婚することになった。

母が三十五歳で、私が中一の十三歳のとき。

相手は母が勤める職場の上司で、当時四十歳。

その歳になるまで未婚で、仕事は真面目にがんばるし、人柄はいいし、でも、見た目がねえ……と、当時、まわりの人が陰で言っていたのを覚えているが、たしかに、その若さでもうすでに頭は薄くなり、太っていて。私も初めて母に紹介されたとき、ええっ、こんなさえない人が新しいお父さんになるの～？　と、正直嬉しくなかったのを覚えているが、母が言うには、

「やさしくて、とってもいい人なんよ。お母さん、仕事とか人間関係のことで、どんだけ助けてもらったかわからんもん」

とのことで、要は外見よりも中身ということだったのだろう。

それがまあ、とんだ化けの皮をかぶっていたわけやけど。

母が再婚し、新しい父と暮らし始めて三ヶ月くらいが経った頃のことだった。

ちょっと恥ずかしい話、私はちょうどその頃性に目覚め、オナニーを覚えたてで、その気持ちよさに夢中になっていた。

ちょっとでも時間があいて手持無沙汰になると、ついつい股間に手が伸びてしまい、パンツの中に手を突っ込んではアソコをいじって……ときにはもう一方の手で胸も弄びながら……という、まるでメス猿状態にあったと言ってもいいだろう。

で、その日、日曜だったのだが、母は中学時代の友人たちとプチ同窓会があるとのことで出掛けていき、家には私と義父だけ。

昼下がり、義父はビールを飲みながらテレビでサッカーの試合を観ていて、いつの

間にかそのまま酔ってソファーで寝てしまい、私は、これでもなかなか気立てのいい娘なもので（笑）、その義父にタオルケットをかけてあげたあと、二階の自分の部屋へと上がっていった。

そして、しばらく学校の勉強をしていたのだが、例によっていつものように兆してきてしまって……勉強机の椅子に座ったまま、部屋着の短パンの上から股間部分にシャーペンの先を押し付け、きゅうきゅうと刺激し始めてた。

じんわりと快感が広がっていき、それに合わせて押し付けも強くなっていって……下着の中でアソコが濡れてくるのが自分でもわかる。

私はさらに昂ぶった状態で脇のベッドのほうに移動し、頭板に少し上半身をもたせかけた状態で寝そべり、本格的に行為にとりかかっていた。

Tシャツは着たまま、でもブラジャーは外してノーブラ状態になり、短パンを脱ぐと膝上のところまでパンティを下ろした格好になって。

Tシャツの中に左手を潜り込ませて乳首をいじりながら、アソコに右手を伸ばして。いつもながら、中一にしては発達しすぎた感のある大きな乳房の弾力を自分で感じながら、そのわりに小粒な乳首をくりくりとこねり、ちょっと普通の人よりも大きすぎるんじゃないかなと心配なクリトリスを摘まんでは転がす。

上半身と下半身の快感が、それぞれじわじわと拡がっていって、いつしか交わり、体全体を覆うフワフワするような心地よさを醸し出していって……。

「ん……はぁ……っ……」

私は、一応階下の義父のことを気にして精いっぱい声を抑えつつ、それでもどうしようもなく溢れてきてしまう声を喉から発しながら、右手の指先を肉のクレパスの奥へと差し入れ、そのぬかるんだ内部を掻きむしってしまう。

ああ、オナニーってなんでこんなに気持ちいいんやろ……。

「んんっ、んふぅ、くふ……はぁ、あん……」

両方の手が、もっともっととでも言うかのように、どんどん動きを激しくしていき、私は目をつぶり、背をのけ反らせながら、ますます高まってくる快感に悶え、のめり込んでいってしまう。

が、そのときだった。

なんだかいやな気配を察したのは。

私は目を開け、部屋の入口のほうへ視線をやっていた。

すると、なんとそこには……少し開いたドアの隙間から義父の姿が覗き、手にしたデジカメで私の痴態を撮影していたのだ。

私は一瞬にして我に返り、体中の血がさーっと引いていくような、世にもおぞましい感覚に襲われていた。

「え、ええっ？　お、お義父さん……な、なんでそんなところに……何してるの⁉」

私は慌てふためきながら、手近にあった薄手の毛布で体を覆い隠しつつ、やっとのことでそう言っていた。

「ははは、何してるって……そりゃこっちのセリフやろ？」

返ってきた義父の言葉は思いもよらぬ悪意に満ちていて、私は思わず言葉を失ってしまった。

「あかん娘やなあ、まっ昼間からこんなスケベなことして……おとうさん、思わず撮ってもたがな！　まだ中一やっていうのに、淫乱すぎんか？　こりゃ一回、お母さんと家族会議せんとあかんな」

「えっ……やめて！　お母さんにだけは言わんといて！　お願いやから！」

私は懇願していた。

父の死の前後、すごい悲しみと苦労に襲われながらも、必死にがんばってきた母の姿を見てきた私は、何がなんでも母に心配をかけまい、いい娘でいようと心に誓ったのだ。だから、絶対にこのことは秘密にしなきゃいけない……そう思って。

「う〜ん、どうしようかなあ……証拠、撮っちゃったしなあ……」

「お願い、お義父さん……なんでもいうこと聞くから……！」

私はどうやら、絶対に言ってはいけない言葉を口にしてしまったようだ。義父は私のほうをからみつくような視線で見やると、こう言ったのだ。

「なんでも？　ほんとに？　絶対か？　約束するか？」

その顔には、初めて見る、いやらしく好色な、ぎらつくような笑みが浮かんでいた。

私は、あらためてうなずくしかなかった。

すると義父は、デジカメを脇のタンスの上に置くと、ベッドの上に膝から上がり、ずいずいと私のほうににじり寄ってきた。

「真美子……これからすることは、絶対にお母さんに言ったらあかんからな？　もし言ったら、お母さんは悲しんだ挙句、死んでまうかもわからん。な？　その代わり、今日見たことは、絶対に言わんって約束するから。わかったか？」

「う、うん……わかった……」

とにかくお母さんを悲しませたくない。

私は義父の言葉を受け入れるしかなかった。

本当はそうすることこそが、さらに母を悲しませることになるのだということに思いも至らず、あさはかなままに……。

「よし、じゃあ……大丈夫。おとうさんの言うとおりにすれば、怖くないからな」

義父はそう言うと、着ていた３ＬのＴシャツを脱ぎ、醜い太った体をさらしながら、私の毛布を取り去り、脇へと投げた。そして、私のＴシャツも脱がせてきた。

「やだ、恥ずかしい……」

「大丈夫だって、全然恥ずかしくない……すごいキレイだって！」

義父は鼻息を荒くしながらそう言うと、私の左右の乳房を両脇からささげ持つように掴み、ぐにゅぐにゅとこねくり回しながら、先端の乳首を唇に含み、ちゅうちゅう、ちゅぱちゅぱと吸ってきた。

「や、……ぁあん……！」

思わず抵抗めいた声が出てしまったが、本当は違う。

生まれて初めて乳首を吸われた私は、そのえも言われぬ甘い電流が走るような快感に、心底驚いてしまったのだ。

義父はそんな私の表情を一瞬ちらりと窺うと、にやりと笑って今度はさらに舌を駆使して責めたててきた。

乳首にからみついてぬるぬるとのたうたせながら、先っちょでぴんぴんと弾くように弄んできて……。

「あんん、んんっ……ひゃっ、はぁぁっ……」

「さすが、早熟の淫乱娘だ。極上の感度のよさ……ほら、じゃあ今度はこういうのはどうだ？　うん？」

喘ぐ私に追い打ちをかけるように、今度は乳首が甘噛みされ、その痛みを孕んだ、でもだからこそ一筋縄ではいかない複雑な快感に、私は翻弄されてしまった。

「ああっ、はっ……んああっ……！」

「よおし、よし、いいぞ、もっと気持ちよくしてやるからな」

続いて義父は私の短パンと下着を脱がせ、両脚を持って左右に大きく開かせると、いきなりその中心に鼻づらを突っ込み、口でアソコをしゃぶり回してきた。

「ひああっ、あっ、ああ、あああん……はぁっ！」

乳首を吸われただけで、ああだったのだ。

肉芯を生まれて初めて吸われ、舐められる感触ときたら、それはもう想像を絶する気持ちよさで、私は喉奥からほとばしり出る喜悦の悲鳴を抑えることができなかった。

クリトリスを食まれ、転がされ。

肉ひだを舐め回され、こじ開けられ。

自分でもびっくりするような量の分泌液が溢れ出てくるのがわかった。

「う〜ん、んじゅ、じゅび、じゅるる〜〜っ……真美子のお汁、おいひい、おいひいよおっ……！」

義父はそれをゴクゴクと喉を鳴らしながら飲み、私はそうされながら、ビクビクと何度も身をのけ反らせながら悶えよがってしまうのだ。

そして、さんざんそうやって愛撫され、感じさせられたあとに、いよいよ……義父のペニスが私の眼前にその姿を現したのだが。

お、大きいっ！

もうすでに完全に勃起したそれは、長さは十五センチ以上、太さは直径五センチ近くもあった。

これを入れられるのか……そう思うと、ヴァージンの私はさすがに恐怖心を感じたが、義父はやさしくこう言った。

「大丈夫、大丈夫。精いっぱい痛くないように、ゆっくりやるから。さあ、体の力を抜いて。ほらほら、そんなに力まない」

私はだんだんリラックスしてきた。

すると、その様子を窺っていた義父が、さりげなくコンドームを取り出してくると、それをペニスに装着した。そして、まずはその表面だけを私のアソコにこすりつけるようにしてくる。

ぬらぬらした肉棒と肉割れが接触し、からみ合う感触はそれだけでもうすごく気持ちよくて（あとで、いわゆる素股という行為なのだと知った）、挿入前の準備運動としては、言うことなしだった。

「よし、もうそろそろいいだろう」

義父が言うと、続いてアソコにぬるりと異物感が。

そしてそれが、ぬぶ、ずぶ、ぬぷぷ……と、入り込んできて。

それがついに私の奥まで達し、動き始めたとき、さすがに破瓜《はか》の痛みを感じたが、それは想像していたよりもずっと軽いもので、私は義父の気遣いと、その段取りの精確さを実感したのだった。

「あっ、あっ、ああ……はぁぁん……」

痛みは心地よさに変わっていき、さらにそれが度合いを増して、私の全身を言いようのない陶酔感が包み込んでくる。

「あっ、あっっ……あ、は、ああん……！」

「おお、真美子、真美子、真美子ぉっ！」

次の瞬間、義父が大きく体を震わせると、ビクビクと腰をおののかせた。

私も、ロスト・ヴァージンながら、確かな絶頂感を感じていた。

事後、義父は血に汚れた私の股間の始末をしてくれると、シーツを剝いで、

「これは捨ててまおな。おとうさんが新しいのを買ってやるさけ」

と言い、階下へと降りていったのだった。

そして義父は私との約束を守り、決してその日のことを母には言わなかった。

でもその代わり、その後、二～三ヶ月に一度の割合で、セックスを求めてくるようになったのだ。

最初、私はいやだった。

確かに初めてのあの日、思いのほか私は感じてしまったけど、やっぱり根強い抵抗感は拭えなかった。間違いなく母に対する裏切り行為なのだから。

でも、そうやって関係を重ねていくうちに、いつしかそんな感覚も、罪の意識も薄れ、挙句の果てには、私は義父なしではいられない体になってしまったのだ。その後、幾人かの男性と関係を持ったが、義父ほど感じさせてくれる相手はいなかった。

そして今、私は結婚し主婦になり、子どももでき、家庭を持っているというのに、相変わらず義父との関係を続けている。

義父ももう還暦を迎え、さすがに昔のようなエネルギッシュなタフさを求めるわけにはいかないが、代わりにさまざまな器具を駆使した、老練なテクニックで、私を感じさせ、満足させてくれるのだ。

お母さん、ごめんね。

そしてお父さんも。

でも、お義父さんが最初に言ったように、私はどうしようもない淫乱だっていうことがわかったんです。だから、勘弁して。

そうやって言い訳を心の中でつぶやきながら、また次の義父との逢瀬のときを心待ちにしている自分がいるのだ。

■クチョクチョクチョと中を掻き回す卑猥な音と、三人の荒い息が混ざり合って……

変わり種3Pの悶絶カイカンに震えたヘンタイ妻の私！

投稿者　森下瑠美子（仮名）／34歳／兵庫県

いつの頃からか……私は普通の女と感覚が違うなぁと感じるようになっていました。

……高校二年の時、親友の由佳が泣きながら私の教室に走ってきた放課後……。

「瑠美子、聞いて！　慎一のヤツな、浮気しててんっっ！　相手はなんと広下彩美（仮名）やねんっ」

「そうなんや……」

「そうなんや、やないよ！　なんで……なんで、あんなブスと……！」

悔しそうに言うと、由佳は私の机に突っ伏して泣きました。

「浮気する男なんてサイテーやわ！　絶対に別れてやる！」

「え？　なんで別れんのん？　あんなに好きやったのに、浮気したくらいでなにも別れんでもええやん……」

「はぁぁぁぁぁ〜〜〜!?　浮気ぐらいぃ!?　ふんっ、アンタは拓郎に浮気されたことないからそんな呑気なことが言えるんやわ！」

「……拓郎、浮気してるよ、ふつーに」

「え……ええええーーー!? ほんまなん、それ？」

「浮気というより、二股交際、やね。私と年上の女と……両方と付き合ってる」

「えええええ～～～～、拓郎サイテー！ 二股かけられてんの知ってて付き合ってるアンタもサイテーや！」

由佳は怒ったように吐き捨てて、教室を飛び出して行きました。

（やっぱり話すんじゃなかったなぁ）と思ったけどもう遅い……。

拓郎は同じ中学出身で、前年の高一の夏休み前にいきなり、

「瑠美子、俺と付き合ってや」

と言われました。

拓郎に対して恋愛感情などこれっぽっちもなかったけど、断ったら可哀想かな、中学からのよしみでもあるしな、などと色々考えて、

「まぁ……ええけど」

とうなずきました。

拓郎にしてみれば、高一の夏に筆下ろしをしたかっただけなのでしょう、そして夏

休み明けにそれを悪友たちに自慢したかっただけなのです、きっと……。

私は告られた翌日に拓郎の部屋でバージンを奪われました。

ブチューと唇を吸われ、制服の上から胸を揉まれスカートをめくられパンツを脱がされ、まだ全然濡れてない私のお股に、いきなり拓郎のおちん○んが入ってきました。

荒々しい息、乱暴な腰使い、拓郎が男であることを改めて認識した瞬間です、途中でおちん○んを抜いてシコシコ苦労しながらゴムをかぶせる行為も含めて。ああ、やっぱり男だったんだと思いました。

初めてのセックスは簡単に終わりました。痛かったけど。出血はしませんでした。

「なんや、瑠美子、バージンちゃうかったんか」

面倒くさいのでそれには答えませんでした。

その後夏休みの間に、八回もセックスしました。いつも拓郎の部屋でした。

三度目までは痛かった挿入が、四度目からは気持ちよくなり、拓郎の愛撫テクも上達したように思います。だけど、それだけでした。

私は一度もイカなかったのです……。

二学期のある日、拓郎が突然、

「部活の先輩から告られてん。どうしよう、瑠美子」

と私に言いました。

「どうしようって……その先輩のこと、好きなん？」

「好きやけど……瑠美子がおるから……おまえとも別れとうないし……」

口ごもっています。

「好きなんやったら付き合うたらええやん、あっちとも」

「え……？　それって両方と付き合っていいって意味か……？」

「私は構わんよ。でも先輩には二股してることは内緒にしときなね」

「ああ……ああ、もちろんやわっ」

その先輩の名前を聞くと、私も知ってる人でした。

家に帰ると私の股間は疼き始め、拓郎とその先輩が交わっているところを想像しながらオナニーしました。あんなに気持ちのいいオナニーは初めてでした。

ある日拓郎に、先輩とはどういうセックスをしているのか訊ねると、

「先輩が結構リードしてくれて、騎乗位が多いかなぁ」

照れくさそうに話す拓郎を見ながら私の秘所は徐々に潤ってきます。拓郎に抱かれるよりも、その話を聞きながらオナニーするほうが断然いい……。

そんな風に、私には昔から（嫉妬心）というものがまったくありませんでした。

大学時代の彼が浮気したときも、その浮気相手をわざわざ探し出して、写真を撮りました。彼女の顔を忘れないためでした。

彼氏がその女の乳首を吸う。女が彼のペニスを咥える。お互いの秘所をいじり合い、ペニスをワギナにぶち込み、二人は腰を振りまくる……そんなところを思い描きながらクリトリスをいじり、

「んんん～～、あ、イク～～～……！」

そうやって絶頂を迎えます。ああ、オナニー最高っ！

それから月日は流れ、私は平凡な主婦となり、真面目な夫は毎日定時に帰宅します。

避妊はしていないのに子どもは授からず、何一つ面白味のない生活です……。

そんなある日のこと、夫の直樹が言いました。

「引っ越さへんか？　環境を変えたら、きっと子どもも出来るて」

私もそんな気になり、二人で家探しを始め、すぐによさげな物件を見つけました。

海が望める小高い丘に建つ、日当たりの良い低層マンションの二階、一番西側の一室でした。

「遠くに明石大橋も見えてんねぇ」

「ほんまやな。週末に釣りでも出かけるか？」

一つ年上の直樹とは社内恋愛二年の末結婚し、それからもう六年の月日が流れました。

セックスは今でも週に二回、結婚前と変わらず、優しく丁寧に愛撫を続けたあと、インサート。私が果てるのを確認してから自分も果てる……だけど、私のは演技です。どんなにGスポットを突かれても、私はオーガズムに達しないのです。高校時代そうだったように、今もそれは変わりません。

日中、誰もいない部屋で自慰行為に励んで、それでなんとか性の均衡がとれているといったかんじでした……。

ピンポーンーーー……隣りのお宅に挨拶に伺いました。

「二〇八号室に引っ越してきました森下と申します」

「はぁーい」

とインターフォン越しに可愛い声がして、すぐに玄関ドアが開きました。

「わざわざご丁寧にどうもありがとうございます～～」

声から二十代を想像していたけど……おそらく同世代か、私より少し上？　奥からご主人が出てきました。少しお腹の出た中年体型ですが、おそらくご主人も同年代っぽいようです。

「わざわざどうもありがとうございます。実は我々も十日前に引っ越してきたばかりなんですよ。仲良くしてやってください」

「はい、こちらこそよろしくお願いいたします。あの……関西の方ではないんですか？」

「はい、そうです。東京から来ました、転勤で……」

「やっぱり！　標準語でお話しされてるから、たぶんあっち方面の人なんやろなと思って……」

自己紹介を含めた立ち話は長くなりました。妻の朝倉奈央（仮名）から、結婚してもう八年経つのに未だ子どもに恵まれないと聞いて急に親近感を覚え、週末一緒にご飯を食べようということになりました。

家に戻ると、夫の直樹がボソッと、

「奈央さんて……可愛い人やなぁ」

と言いました。

「うん、きさくで明るいし。え、直樹、もしかして奈央さんみたいな人がタイプやの？」

顔を覗き込んで聞くと、彼は少しだけ顔を赤らめ、

「なんか……むか～し付き合ってた彼女にちょっと似てんねん。笑顔とかしゃべり方

とか……」

「へぇぇ〜〜。直樹の昔のカノジョの話なんて初めて聞いたわぁ」

言いながら、自分の声がやけに弾んでいることに気が付きました。

そしてその夜、直樹が寝静まったあと。

私はベッドをそっと抜け出しリビングルームのソファに横たわりました。ブランケットを腰から下にまといながら、ジャージとパンティをずり下ろし右手を忍ばせる……クリトリスをいじりながら、直樹と隣りの奥さん・朝倉奈央との淫らな性交シーンを想像しました。

『いや……やめて、ご主人、こんなこと！』

嫌がる奈央に直樹が覆いかぶさる。

『黙ってりゃわからへんて。ええやんええやん、楽しもうや』

直樹は奈央のブラウスのボタンを乱暴に剝ぎ、ブラジャーの中に顔を埋め、舌を這わせる。

『いや、ダメ、あっ……ダ、メ……』

だけど奈央は直樹が乳首をチュゥと吸ったところでひくつき始める。直樹は乳首を唾液まみれにしながら、スカートをたくしあげ一気にパンティを引き下ろすと、自分もジャージとトランクスを下ろし、ギンギンに固くなったペニスの先っぽで、奈央のアソコの割れ目に沿って上下させる。するとその割れ目から淫花が少しずつ開いてドクドクとお汁が流れ出てくる。

『だ……だめ……よ、これ以上は……』

『なに言うとんの、ここまで濡れ濡れにしといて。はよ入ってきてぇ～～ってココ言うてるやん』

言うなり直樹はイチモツをザクザクと淫花の中へ押し込むと、

『アア～～～!!』

奈央は悦びの嬌声を上げる。直樹はその声に興奮を高め、小刻みにピストン運動を始める。奈央の両足はだらしなく開き、時折ひくついている。

パンパンパンパン……性器のぶつかり合う音。

クチョクチョクチョクチョ……直樹の肉棒が膣の奥深く突く音。

「あ、だめや……もうきた……っ！」

夫と隣りの奥さんの情事を想像しながら、私は絶頂を迎えました。擦りまくったクリトリスはガチガチに固くなっています。

（こんなに気持ちのいいオナニーは久しぶりだわ）

私は大満足して、その夜はぐっすり眠れました。

週末。一緒に四人でご飯を食べようという計画はお流れになりました。というのは、朝倉さんのご主人に、急遽一泊のゴルフ接待の予定が入ったからです。

「それじゃあ順延して一週間後の土曜日に行きましょう」

ということになりましたが、私はちょっと考えて、奈央さんを晩ご飯に誘いました。

「すいません、なんか……ご迷惑じゃなかったですか？」

奈央さんは遠慮がちにリビングルームに入ってきました。

「ううん全然！ っていうか、今日の予定がお流れになってウチの主人、ちょっとへコんでたんやわ。奈央さん来てくれて凄く嬉しい～！ ねっ？ 直樹？ あ、ウチの人ね、奈央さんのファンやねんて」

「お、おまえ、あからさまにそんなん言うなや～～」

頭をかきかき、でも直樹は本当に嬉しそうです。奈央さんも照れくさそうに笑ったので、私は座布団を直樹の横に置いて手招きしました。ソファにだらしなくもたれかかっていた直樹は、奈央さんが隣りに座ると居住まいを正しました。

「関東の人の口に合うかどうか不安やねんけど。たくさん食べて、飲んでな～～。あ、ビールでいい？」

「ありがとう。あ、忘れてた。これも食べて。作ってきたの」

奈央さんは持参した紙袋から大きなタッパーを出しながら、

「アヒージョなの……ニンニク入ってるけど、三人で食べれば匂いはさほど気にならないかなと思って」

「うまそうやな～～」

「ほんまに。うんうん、三人で食べれば怖くない、やな！」

リビングテーブルいっぱいにおかずとお酒を並べ、私たちは色んな話をしながら飲んでは食べて、大笑いしました。

私はこっそり意識的に、直樹と奈央さんにお酒をチャンポンで飲ませました。こうすると酔いが早く回るからです。

「それにしてもご主人の会社、転勤してきたばっかかでゴルフ接待？　しかも土日の休日になんて酷すぎやね～。ブラック企業ちゃうのん？」

さほど酔ってない私は、酔ったフリして言いました。

「おい、こらぁ、瑠美子、おまえ失礼なことというなや」

直樹はホロ酔い加減です。

「違うの～、本当はぁ～～、あのヒト、接待ゴルフでも出張でも何でもないのぉ～～。

浮気してるの、もう三年も！　東京いたときから時々、週末は出かけてたのぉ〜〜」

グビグビと缶チューハイを飲みながら、奈央さんは意外なことを言いました。

「子どもなんて望めるわけないのよ、セックスレス夫婦なんだから。もう五年以上ヤッてないのよ〜〜」

清くて可愛い奈央さんの口から、まさか「ヤッてない」なんて言葉が出るとは驚きでした。

「だったら奈央さんもヤッちゃえば？　ほら、すぐ横にエエ男がおるやん！」

「ええ〜〜、奥さんが傍にいるのに、いいのぉ？」

なんと奈央さんはまんざらでもなさそうです。私の股間は疼き始めました。

「五年もセックス無しなんて体に悪いやん。子宮の病気になってまうかもで。なぁ、直樹もそう思わん？　アンタも奈央さんの体の為に、ひと役買うてやりなよぉ」

酔っぱらった二人を向かい合わせ、キスをさせるのに、さほど時間はかかりませんでした。

私は電球の灯りを豆電球に落としました。薄闇の卑猥な色空間の中で、直樹と奈央さんの接吻は濃厚になっていきました。直樹の手は早くも奈央さんの胸をまさぐっています。奈央さんは積極的に横になり、直樹はその上に覆いかぶさりました。フリルのついたカットソーが直樹の手でめくられていきます。一緒にブラジャーも……露わになった乳房は細身な外見からは想像もできないほど豊満でした。直樹の舌がチョロチョロと乳首の周りを舐め、先っぽを吸うと、

「ん、あ……んんんん……」

見る見る間に乳首が立っていきました。もう片っぽの乳首は直樹の指で玩ばれながら、やはり大きくなりました、まるで良質の干しブドウのようです。

私のパンティはもうビショビショです。指を入れてオナニーしたいところですが、今は二人の行為を、この目に焼き付けるほうが先決です。

直樹は乳首を吸いながら奈央さんのスカートをめくり、器用にパンティをずり下ろしました。私が傍で見ていることを忘れているのでしょうか、大胆にも奈央さんの右足（美脚！）を持ち上げ、わざと大股開きにさせました。奈央さんのその足がカツンとテーブルにあたったので、私はそそくさとテーブルを脇にずらし寝床を広げました。もっともっと大胆にセックスを楽しんでほしいからです。

「ああ……んん～～～～い、いい～～～」

直樹に蜜穴に指を入れられ、出し入れされて、奈央さんは大股開きのまんまヒクついています。クチョクチョクチョクチョと中を掻き回す卑猥な音と、三人のハァハァハァハァ、

荒い息がリビングに充満しています。

「あ、あなたの吸わせて」

「じゃあ、お互いに吸おか……」

なんと、二人は全裸になりシックスナインを始めたじゃありませんか！

これは私のオナニーの空想の中では思いもつかず、興奮のるつぼと化してしまいました。

奈央さんはフェラチオ上手でした。竿の裏に集中的に舌を這わせながら、パクンと喉の奥にまで一気に咥えました。

「ぐっ……おっ……」

直樹は興奮しながらも、奈央さんのクリトリスを舐めることをやめません。

「んんん〜〜〜、ぐふ〜〜〜」

直樹のを咥えたまんまで奈央さんも興奮しています。

二人はまた元の姿勢に戻り、性器同士を押し付け合いました。奈央さんは自ら大股を開き、グブンッと音を立てて直樹のソレをアソコに吸い込ませ、ゆーっくりとゆーっくりとピストン運動が始まっていきます。

直樹は奈央さんの腰を少し持ち上げ、男根の根元までしっかり挿入し、彼女のGスポットを突きました。

「いい～～、あ、そこ、いい～～、もっと、もっと、そこ～～～！」

その声に直樹はなおいっそう燃え、激しい出し入れを繰り返しています。奈央さんはヨガリ声をあげながら、腰を激しく前後に動かして、最後にやってくるその瞬間に備えているようです。

「もう、いくわ……アア、イクイクイクイク～～～～！」

「オ、俺もイクわ……ウォ～～～、イク～～～～～～！」

「私もイク～～～～！」

三人同時に果てました。

なんと私はアソコをいじらずにイッてしまったのです。こんなことは初めてで、ちょっとした感動モノでした。

アヒージョのニンニクのお陰で精力がついたのか、その夜、二人はもう一度ヤリ、私もまたイキました。

これからも、奈央さんのご主人が浮気出張で不在のときは、ウチへ来てもらって３Ｐを楽しもうと約束しました。

あ、これって、いわゆる３Ｐとは呼べませんかね？　ウフフフ……。

■四人の男にいやらしく揉みくちゃにされているうちに、私の性感は反応してきて……

姫神さまとして犯され、いけにえとなった新妻の私！

投稿者 橋本春奈（仮名）／24歳／宮城県

幼い頃から、祖母から言われていたことがある。

「春奈、あんたが将来、もし○○区の男衆のところに嫁入りすることになったら、それは姫神さまになるゆうことじゃ。ゆめゆめ、忘れるんじゃないぞ」

幼い私にしてみれば、まずそもそも〝嫁入り〟自体が、まだまだピンときていない上に、さらに〝姫神さま〟なんていう昔話のようなことを言われても、およそそこに現実味などなく、

「うん、わかった……」

などと口では応えつつ、内心、ばあちゃんの言うことは古臭うてようわからん、と幼心に蔑みにも似た気持ちを覚えていたものだった。

両親にそのことを話すと、

「まあ、大昔はそういうしきたりもあったっていう話だけど、平成、いや令和のこの

世の中、そんなことあるわけがない。今や伝説だよ、伝説」

と、ばあちゃんも仕方ないなあ、みたいな鼻で笑うような反応が返ってきたものだった。でも、なんとなく若干の興味を覚えた私は、小学校の図書館で、今の○○区……昔でいうところの姫○村に代々伝わる、姫神さまをめぐるしきたりについて調べてみたりもした。

それはこういうことだった。

大昔、そもそも姫○村は、都での勢力争いに敗れたある貴族の一団が逃れてきて棲みつき、もともとの土着の住民たちをまとめ統率したのが始まりで、都仕込みの最先端の、農作業やその他生活水準の向上に寄与するさまざまな技術や知恵を駆使して、見る見るうちに大きな村へと成長させていったのだという。

しかし、その後とても深刻な干ばつに見舞われ、農作物もまったく収穫できなくなり、飢饉が勃発、多くの村民が餓死していく事態となった。そこでその窮地を脱すべく、村の神官が天にお伺いをたてたところ、

「天に姫神をいけにえとして捧げよ、さすれば飢饉を免れることができよう」

とのご託宣をたまわったのだという。

〝姫神〟とはつまり、当時の村長《むらおさ》の娘のこと。その命を天にいけにえとして捧げるこ

とで、村の窮地は救われるというのである。村長は村民を救うために泣く泣く言われたとおり最愛の娘の命を捧げ、ようやく村には平和が戻ってきた――。

そしてその後、この「村の安寧を守るため、天に姫神をいけにえとして捧げる」行為は、その対象を村長の娘から、その年の村民の娘の中から誰か一人へと変え、さらに「命を捧げる」ものから「貞操を捧げる」ものへと、変遷していったのだという。

正直、当時まだ小学校低学年だった私は「貞操を捧げる」という意味が全然わからず、そのままモヤモヤしたものを抱えたまま、いつしかこのこと自体に興味をなくしてしまったのだが……どうやらこのしきたり、昭和初期のある程度の時期まで、「その年、村の男に嫁いできた新妻の中から選ばれた女性一人が姫神として、天の代理役を演ずる村人たち数人に犯され貞操を捧げる」秘祭として執り行われてきたらしい。

祖母はそのことを私に伝えようとしていたのだろう。

私がそのことを思い出したのは、祖母が亡くなってから四年後。仙台市の職場で知り合いつきあいだし、交際一年後に結婚が決まり嫁ぐことになった謙介の実家が、あの○○区だということを知ったときのことだった。

でも、まさか、である。

そんな究極の女性蔑視・虐待ともいえる行為が、この現代にまかり通ってなどいるはずがない……そう考えるのが普通だろう。

そして去年、私は謙介のことを心から愛し、両親や親戚、友人たちすべてから祝福を受け、○○区の彼の実家へと嫁いでいったのだった。

普通に仙台市内の結婚式場で、私や謙介の職場の人間や友人なども招待した、いわゆるごく一般的な結婚式、披露宴を執り行ったあと、○○区でも地域住民を招いた新郎側主体の披露宴が催された。

え、二回も？　と、私は正直めんどくさかったが、それが地域のしきたりと言われれば、従わないわけにはいかない。〝しきたり〟という言葉の響きに、若干の抵抗を覚えた私だったが、極力気にしないようにした。

謙介の実家は古い大きな家で、披露宴は八畳間二つをふすまを取り払ってぶち抜いた、十六畳の広い和室で行われた。謙介側の親族と、ご近所さんや親しい地域住民たちの招待客で、会場は溢れんばかり。私側の招待客は両親の二人だけだったのだが、なんだか皆、やたら私の両親のところにお酌にやってきては、まるで早く酔いつぶそうとしているみたいだった。

そしてまんまと、うちの両親二人は早々に酔いつぶれ、寝室へと運び入れられてしまった。その時点で、夜十一時くらいだったろうか。

それから三々五々と他の招待客も帰路につき、だんだんと人数は減っていった。

気づくと、夜中の一時近くになっていた。

その時点で残っているのは、私の他に謙介、その両親、向こうの親族だかなんだか男性が四人……の、計八人。

私もそれなりに飲まされてたし、もう都合五時間近くも宴が続いていて、いい加減疲れてきてしまった。

そっと隣りの謙介に耳打ちした。

「ねえ、いつまでやるの？　あたし、もうくたびれちゃった……もう寝たいよ」

でも、謙介の返事は意外なものだった。

「春奈、悪いけど、ここからが本番なんだ。まだ寝かせるわけにはいかないよ」

「……えっ⁉」

そのときだった。

謙介の言葉に驚いている私を尻目に、例の正体不明の四人の男性たちがすっくと立ち上がったのだ。

そして、

「ではこれより、姫神さま、ご奉天の儀を執り行います。皆さま、神殿へお出向きください」

いま、姫神さまって……言った？

私は自分の耳が信じられなかった。

まさか、もうとうの昔に廃絶されたはずのいけにえの儀式が、まだ存続してるっていうの？　それも、私がいけにえ……？

「ちょ、ちょっと、謙介……これってどういう……？」

「おや、春奈は知ってるはずだよ？　前におれに話してくれたじゃない。この○○区の姫神さまのしきたりの話について」

「だって、あのとき……謙介は、そんなバカげた話、もうあるわけないじゃないって、笑い飛ばして否定したよね？」

「そりゃそうさ。だってそんなのバレたら犯罪だもん。ないって言うしかないでしょ？　……ウソついてごめんな。でも、そうまでしてやらないといけない、姫神さまの儀はそれくらい、この地にとって大事な大事な行事なんだよ」

謙介の言葉のニュアンスはとてもやさしく、でもだからこそ、のっぴきならない真剣さが伝わってきた。

「さあ、あなたたち、早く神殿に行かないと」

見届け人だという謙介の両親に促され、私はなんとか立ち上がったけど、足腰に力が入らず思わずふらついてしまった。でも、謙介がすかさずしっかりと支えてくれて、彼に導かれて廊下を歩きながら、また囁きかけられた。

「姫神さまのお役目はとっても名誉なことなんだよ。この一年の地域の安寧のための人身御供として、姫神さまが属する家は周り中の家から、金銭、労働、物品……その他さまざまな形での感謝とお礼の気持ちを捧げられるんだ」

と言われても、私はまだパニック状態で、なんだか全然頭に入ってこない。

この期に及んで、その〝姫神さまの儀〟が、昔どおりの「新妻が天の代理役の男たちに犯される」形ではなくなっていることを祈るばかりだ。

花嫁姿の私を含む総勢八人の一行は、そのまま家を出て、先頭が持った懐中電灯の明かりに導かれるまま暗い道を歩き、集落のはずれのところにある、祠《ほこら》のような場所に辿り着いた。

四人の男性の中の一人が鍵を取り出し、錠前をはずすと扉を開け、彼を先頭に私たちは中へと入っていった。

中は真っ暗だったけど、すぐに蝋燭の火が灯され、明かりの中、奥に神棚の姿が浮かび上がった。その前には、まさにダブルベッドほどの広さがある盛り土の台がしつらえられていた。

　謙介とその両親は神棚がある反対側の壁に背を接して正座し、四人の男性が神棚に向かって祝詞（のりと）のようなものを唱え始めた。そしてそれが終わると、私のほうに向きなおって言った。

「姫神さま、天に代わって御身、隅から隅まで頂戴つかまつります」

　そして次の瞬間、一斉にわらわらと私の体に群がると、着物の袂（たもと）に手をかけ引きずり伸ばし、太腿も露わに裾をまくり上げ、神聖なる花嫁衣裳を淫らにはだけ乱してきた。

「あ、ああ……いやっ……」

　思わず抵抗しようとした私だったけど、なんだか体に力が入らない。これはアルコールの酔いだけじゃない。何かよからぬものを一服盛られ、私は抗えぬように身体の自由を奪われてしまっていたのだ。

「おお、今年の姫神は色白で豊満よのう」

「ほんとに。乳もでかいし、元気な子供をいっぱい産めそうな頑丈そうな腰つきをしてる。たまらん、たまらん！」

「ほれほれ、ありがたい珍宝を咥えろ、味わえ」

乳房を揉みしだかれ、太腿やでん部を撫で回され、秘所を指でまさぐられながら、中の一人のいちもつを口に突っ込まれた。

「……んっ、ぐうぅ……うぷっ！」

それはやたら太くて、私は顎が外れるかと思ってしまった。

「おっ、ここもよい具合にぬかるんできたぞ！　熱い汁が次から次へと溢れ出してきよる！　指が蕩け落ちてしまいそうじゃ！」

四人の男にいやらしく揉みくちゃにされているうちに、恥ずかしながら私の性感は反応してきてしまったようだ。蝋燭の灯りで幻想的なオレンジ色に彩られた祠の中、いつのまにかお香も焚かれたようで、蠱惑的な香りで鼻腔を満たされながら、私は底の見えない快楽の深淵へと落ち込んでいった。

「はぁっ、あっ……ああ、んあぁっ……」

と、一人の男性のかしこまった声が響き渡った。

「さて、そろそろ姫神さまも準備が整ったようじゃ。ご珍宝を授ける頃合いかと存じるが、ご同意いただけるか？」

どうやら、見届け人である義両親、そして姫神さまである私の伴侶の謙介に問うているようだ。

「はい、御意でございます。お気の済むまで、隅から隅までご賞味ください！」

「はい、夫である私も異存ございません！」

「うけたまわった！」

義両親と謙介の両方から言質を取り付けた男性は、他の三人のほうに目くばせした。

そして、それを合図に四人全員が裸になった。

「さて、では姫神よ、参るぞ」

そう声をかけた一人がまず、私の両脚を抱え上げ、花嫁衣裳の裾をはだけ上げ、露わになった秘所にご珍宝を突き入れてきた。硬くて太くて長くて……それは極上の一突きだった。

「ああっ！　はあっ……ひっ、ひあああぁぁっ……！」

私は喉から喜悦の絶叫をほとばしらせながら、全身をのけ反らせて悶えてしまう。

「おおっ、狭い……狭いぞっ！　そのうえ無数の触手がまとわりついてくるようで……これは名器じゃっ！　稀に見る逸品じゃぞ！」

彼は容赦なく深く激しく突き入れながら、感嘆の声をあげた。

「うむっ、くぅ……こ、これはもう辛抱たまらん！　いいか、出すぞっ！　しかと受け止めろっ！　……んぐっ！」

そして射精。

私の胎内を熱いものがゆるゆると満たしていく。

そしてすぐさま、次の男性の珍宝が入り込んできた。

最初に比べると小兵だが、それでも硬さは一級品だ。ズン、ズンッと貫かれるたびに強烈な快感の振動が襲いかかり、私はよだれを垂れ流しながら、狂ったようにヨガり悶えてしまう。

「あひ、ひぃ……んはぁっ、はあっ！　ああぁっ！」

「おおっ、確かにこれ名器！　すばらしい感触じゃ！　これはもう、今年一年、この地の安寧は任せておけ……んっ、うぐっ！」

二人目の精のほとばしりを受け止める。

そして、三人目、四人目と次々に貫かれ、私はその間、何度も何度も達し、もうおかしくなってしまいそうだった。

気がつくと、四人の男性の姿はもうそこになく、義両親と謙介の三人が手に手に濡れ布巾やタオルを持って、ドロドロになった私の体を拭き、辺りを汚したさまざまな体液を清拭する作業にいそしんでいた。

「おっ、気がついたか」